スマイル アンド ゴー!

五十嵐貴久

幻冬舎文庫

スマイル　アンド　ゴー！

目次

事実に基づく物語――。

step1 アイドル？

顔を上げて頬に触れると、うっすら線がついていた。パソコンのキーボードの跡。

哀《かな》しいなあ、とつぶやいてコタツから抜け出した。紺のジャージの胸に、広瀬《ひろせ》詩《し》織《おり》とネームが縫い付けられている。

中学の時から着ていて、卒業後は部屋着とパジャマを兼ねていた。これもまた哀しい。十七歳の女子としていかがなものか。

二段ベッドの上段に、妹の知佐《ちさ》はいなかった。バスケの練習で学校へ行ったのだ。

マジメでよろしい、とつぶやきながら部屋を出た。体のあちこちが痛むのはいつものことだ。

テレビを見ていたママが、おそよう、とあたしを見ずに言った。皮肉ではないとわかっている。そういう時間なのだ。ママが見ていたのは昼間のバラエティだった。

トーストを一枚焼いて、ハチミツを塗って食べた。朝食なのか昼食なのか、ブランチと思えば何となくオシャレ。

ママもあたしも何も喋《しゃべ》らなかった。いつもそんな感じ。そもそも、何を話していいのかわからない。

牛乳をひと息で飲み、食事を終えた。ちらりとママが視線を向けて、しいちゃん、どうすんのと聞いた。毎日繰り返される、唯一の質問。

そしてあたしは答える。さあねえ。

そう、とママがまたテレビの方を向いた。ごちそうさまでした、と食器を片付けて部屋に戻り、コタツに足を突っ込んで、いつものポジションを取った。

仮設住宅に住むようになってから、ずっとコタツは出しっぱなしで、毛布も掛けっぱだ。いちいちしまったりするのは面倒臭い。

コタツの上のパソコンは電源がついたままだ。隣に置いていたスマホをチェックしたけど、何もない。電話もメールも。いいけど。

スマホの画面に9月11日という表示があった。そうか、半年経《た》ったんだね。

どうでもいいや。あたしは画面に触れて、またゲームを始めた。

＊

痛いっす、とぼくは文句を言った。いい歳《とし》して情けない、と手首に包帯を巻きながら小太りの看護師のオバサンが肩を小突いた。

「酔っ払って居酒屋の階段から落ちるなんて、どういう飲み方したらそうなるわけ？」

大きな口を開けて笑った。坂中《さかなか》先生も笑ってる。付き添ってくれていたプー助もだ。

うるせえよ、バカ。笑ってんじゃねえよ。

「折れてはおらん」坂中先生がレントゲン写真を見ながら説明した。「運が良かったな。軽い捻挫だ。全治二週間ってところか？　しばらく動かしちゃいかん。おとなしくしてなさい」

「へいへい」

何だその返事は、と先生がぼくの手首を捻《ひね》った。いやマジ痛いっす、止《や》めてください。

「もう小学生じゃないんですよ。カンベンしてください」

坂中先生にはガキの頃から世話になってる。もうぼくは三十歳なのだけれど、先生から見るとまだあの頃のままなのだろう。ぼくにとっても先生はやっぱり先生だ。

礼を言って診察室を出ると、待合室に大勢の患者がいた。この辺の病人はここに来るしかないもんね、とプー助が言った。だな、とぼくはうなずいた。

「病院やクリニックはみんな流されちまったからな」

そもそも今ぼくたちがいるここは、生き残った医者たちが集まって始めた臨時の診療所なのだ。仮設のプレハブを建てて病院の体裁を整え、それが今日に至っている。

気仙沼《けせんぬま》総合診療所と名前だけは気合が入っているが、実際には臨時の寄り合い施設だった。医者や看護師はそれなりに大勢いた。医療機器なんかも揃《そろ》っているし、内科や外科はもちろん、婦人科や精神科まで全部ひとつの敷地にあるから、便利といえば便利だ。

ただ、患者はここに集中するから、どうしても待たされる。しょうがないんだけどさ。

「どうするよ、これ」プー助がぼくのギターケースを床に置いてチャックを開いた。「ネックが折れてるぜ」

わかってる、と見ないで答えた。

「腕の代わりに折れてくれたんだろう。なかなか見所のある奴《やつ》だ」

昨日の夜、昔のバンド仲間と集まっていつものように居酒屋で飲んだ。前回、店に忘れていたギターを預かってくれていたのは、ベースのヨッチンだった。

ドラムのプー助とキーボードのサブロー。いつものように朝まで飲んでしたたか酔い、階段で足を滑らせて落ちた。肩に下げていたギターがぼくの下敷きになって折れたのは、神様のはからいということなのか。

「捨ててくれ」ぼくはギターをケースごと足で蹴った。「もういらねえんだ、こんなもの」

「そうか？　まあな、ネックが折れちまったからなあ。修理もできないだろうし……おい、会計はまだか？　もう九時だぞ、オレ、仕事行かないとマズいんだ」

「おれだってそうだ」

「帰っていいか？　眠くて死にそうだ」

「おれだってそうだ」

プー助は気仙沼市内の警備会社で、ぼくは市内の写真館で働いている。普通の仕事と違って、九時半から始まるわけじゃないけど、お互い十時ぐらいには出社していなければならない。

ヨッチンとサブローは復旧された魚の加工工場で働いている。朝が早えんだよ、と二人はぼくをプー助に押し付けてさっさと帰って行った。ねえ、友情って何？

いきなりプー助がぼくの頭に手を当ててぐっと押さえ込んだ。自分も頭を引っ込める。

「どうした？」

「サトケンさんだ」顔を出すな、とプー助が囁《ささや》いた。「見つかると面倒だ」

マジか、とぼくは待合室の長椅子の隙間から目だけを覗《のぞ》かせた。サトケンさんが会計で金を支払っていた。

百八十センチの大柄な体で、薄く色の入ったメガネをかけ、やたらと襟の広いワイシャツを着たその姿は目立った。薄紫色のジャケットなんて、どういう趣味をしてるんだろう。

マジかよとつぶやいて、長椅子にぴったり背中をくっつけた。

「あの人、病気なんかになるのか？」

「そりゃ風邪ぐらいひくだろ」プー助が喉の奥で笑った。「鬼のカクランって言うじゃないの」

サトケンさんはぼくたちの高校の先輩だ。年齢は全然違う。確か十五歳ぐらい上のはずだ。でも、鬼とも鉄人とも呼ばれるサトケンさんのことは、町のみんなが知っていた。

普通、十五上の先輩は、先輩でも何でもない。まったく接点がないからだ。だけど、サトケンさんにはそんなこと関係ない。同じ高校を卒業しているというそれだけの理由で、一生後輩ということになってしまう。

ぼくたちが住んでいる気仙沼は人口約七万人という小さな地方都市で、女子校を除けば高校は五つ。つまり市民の五分の一ほどがサトケンさんと同じ高校の出身だ。

そして、人類皆兄弟という発想のサトケンさんにとっては多くの者が後輩であり、永遠の上下関係を強要してくる。ぶっちゃけ、面倒臭い人ランキングで殿堂入りするレベルなのだ。

迷惑だよなあ、とプー助が言った。

「何であんな人の後輩になっちまったかね。今時いねえぞ、あんなOB。この前もヨッチンがコンビニの前でばったり出くわしたら、オレンジジュース買ってこいって言われたんだって。仕方ないから買ってったら、百パーセントじゃねえぞってもう一度買いに行かされたんだとよ。もうオレら三十だぞ？　何でパシリをやらなきゃいかんのよ」

まったく、とうなずいた。似たような話は何度も聞いたことがある。対処法はひとつ、近づかないことだ。

支払いが済んだらしく、サトケンさんが出て行った。すれ違った若い看護師のお尻を触ろうとして怒られている。

古き良き昭和の生き残りだ、とプー助が言った。激しく同意。

「春日隆一《かすがりゅういち》さん、会計までどうぞ」

名前を呼ばれて立ち上がり、財布を開いた。いくらかかるのだろう。ぼく、ビンボーなんですけど。

＊

詩織、と夕食のテーブルでパパが口を開いた。お説教の始まりだ。

「どうするつもりなんだ？」

ママと知佐はうつむいて焼き魚をほじっている。はあ、とあたしはため息をついた。

「高校はどうするんだ？　行かないのか」

行かないとかじゃないでしょうに、と口の中でもごもご答えた。

「行けないでしょうに」

「行けなくはないだろう」

行けないでしょうに、ともう一度言った。パパがむすっと黙り込む。物理的に難しいというのはわかっているらしい。

あたしが通っていた気仙沼東向《とうこう》高校は、半年前の大震災でムチャクチャになった。三月十一日、あたしは二年生で、三年生になる直前だった。

大震災が起きて、学校どころじゃなくなった。だいたい、あたしの家も流されてしまったのだ。とにかく生きていくことが最優先課題になった。

おじいちゃんとおばあちゃんも、あの時亡くなっている。家は流され、家具や服はもちろん写真の一枚さえ残らなかった。

パパ、ママ、妹の知佐、そしてあたしの四人は運よく助かり、パパが会社の駐車場に駐《と》めていた車の中で寝るしかないような生活が続いた。避難所に入れたのは四日後のことだ。

いろんなことがあったけど、あんまり思い出したくない。満足に食べられない日が続き、ろくに顔も洗えず歯も磨けず、シャワーなんてあり得ない。着替えもできないまま、同じパンツで一週間暮らした。

文句を言ってるんじゃない。あの時はみんなそうだった。それが現実だったってこと。その後、隣町のママのお姉さんの家に居候した。でも、オバサン家《ち》だって大変だった。部屋が余っていたわけでもなくて、四畳半の子供部屋で折り重なるようにして眠った。息をするのだって遠慮してたぐらいだ。

七月に仮設住宅ができるまで、そうやって暮らした。事情を説明して優先的に仮設に入れてもらったけど、それからだって大変だった。

ラッキーだったのは知佐で、近くにあった中学校に編入することができた。でも、あたしはそんなにうまくいかなかった。県が通うように指定してきたのは、歩いて二時間以上かかる場所にある高校だった。

行こうとは思った。行かなきゃまずいってわかってた。でも無理。

二時間って何？　まだバスも通ってないし、電車なんて何年後に復旧するかもわからない。今さら高校に行ってどうなるのって思ったところもあった。何人も同級生が亡くなってる。おじいちゃんたちも、近所の人達も。人間なんてあっさり死んじゃうものだ、と実感していた。

卒業して大学へ行く？　就職する？　それでどうなるの？　車に轢《ひ》かれて死んじゃうかもしれないでしょ？　そしたら意味なくない？

言い訳だと言われるかもしれないけど、それがあたしの偽らざる本心だった。面倒臭いと言って、高校へ行かなくなった。

かといって、何かすることがあるわけでもない。仮設住宅に引きこもり、昼夜逆転の生活が始まった。昼過ぎに起きてだらだら過ごし、寝たり起きたり食べたり寝たり。

家から出ないって決めると、ホント楽だった。着替える必要もなく、風呂もテキトーでいいし、髪を洗うのも週に一、二度になった。

スマホのゲームとテレビ。飽きたらネットで何となく時間を潰す。そんな毎日がもう何カ月か続いていた。

外に出たくなかった。仮設には友達がいない。たまに誘われて市内まで出るけど、何しろ気仙沼だ。遊ぶところがあるわけじゃない。
典型的な地方の小都市で、もともと何もない。お金もない。じっとしてるしかないでしょ?

「高校へは行った方がいい」わからなくもないが、とパパがあたしを見つめた。「自分でもわかってるだろう。どうするつもりだ? このままずっとそんな暮らしが続けられると思ってるのか」

そりゃそうだ。わかってる。三十、四十になっても引きこもっていられるほどタフじゃない。

　でも、どうしたらいいのかわかんない。どうすればいいの？　教えてよ。

「高校へ行くんだ」パパが辛抱強く繰り返した。「知佐を見てみろ。ちゃんと学校へ行って、勉強してる。お前はお姉さんじゃないか。何をしてる？」

　いつものループだ。あたしは黙ってテーブルから離れ、部屋に入った。

　詩織！　という怒鳴り声と、ママがなだめる声が聞こえた。どうでもいい。知らないよ、そんなの。

＊

　ストロボが光った。オッケーっす、とぼくは叫んだ。

　センセーがシャッターを切る。マルチーズを抱いた女の子と、その後ろで優しく微笑《ほほえ》んでいたお母さんが、強い光の中に浮かんだ。

　終わりましたよ、とセンセーが皺《しわ》だらけの顔で笑った。お母さんが頭を下げている。ぼくは機材を片付け始めた。

　母子と犬がセンセーの奥さんと一緒にスタジオを出て行った。デジカメの写真をチェックしながら、どうすんだ隆一、とセンセーがぼくを見た。

「準備、進んでるのか？」

はあ、とうなずいた。センセーこと斎藤清貴《さいとうきよたか》さんの写真館で働くようになって三年、ひと通りの技術は教わっていた。

センセーはもう七十を過ぎている。年末には写真館を閉じることになっていた。隆一が独り立ちすれば、それで引退だ、というのが最近のセンセーの口癖だ。

本当はもっと早く独立するはずだった。もう三十だ。いつまでも田舎の写真館でアシスタントをやってる歳じゃないだろう。それはわかっていた。

でも、そんな話をしていた矢先に、あの大震災が起きた。父が死んだり、半壊した家を直したり、そんなことをしていたら独立どころじゃなくなった。何となく惰性で働き続けている。

だけど、そろそろだろう。いつまでも面倒を見てもらうわけにはいかない。センセーだって大変なのだ。黙って機材の片付けを続けた。

気仙沼で生まれ、育った。高校卒業までこの町で暮らした。年に一、二度、家族で仙台まで出掛けるぐらいで、気仙沼から離れたことはなかった。

中学でロックに目覚め、中二でギターを始めた。絶対プロになると三年の秋に誓い、卒業文集にもそう書いた。

高校で本格的なバンドを組んだ。正直、勉強なんかは適当にやって、毎日ギターを弾いて暮らした。夜寝る時だって抱いてたほどだ。

たぶんだけど、同じぐらいの年齢のギターをやってる連中よりは上手《うま》かったと思う。うぬぼれじゃなく、高校生バンドとして市内では一番人気があったし、ギタリストのぼくはその中心にいた。県内のアマチュアコンテストで優勝したこともある。

ぶっちゃけ、東京のレコード会社の人がステージを見に来たこともあるのだ。やるしかねえだろとぼくはメンバーに言ってたし、みんなもうなずいていた。

だけど、卒業前にバンドは解散した。その時のメンバーがプー助たちだったのだけれど、ケンカしたとか音楽性の違いがどうしたって話じゃない。

単純に、みんな大学へ進むことになったり、就職が決まったりしたからだ。音楽でメシを食おうと真剣に思っていたのはぼくだけだった。

それは仕方ない。どんな人生を選ぶかはそれぞれの自由で、口出しはできない。それならそれでしょうがないだろう。

ポジティブに考えることにした。これはいい機会だ。もっと本気で打ち込むために、神様が与えてくれたチャンスなのだ。

だから、高校卒業と同時に東京へ出た。そりゃやっぱ東京でしょ？

江戸川《えどがわ》区の小岩《こいわ》にアパートを借りて、いくつかバイトをかけもちしながらメンバーを募集してバンドを組んだ。さすがは東京で、練習スタジオに貼り紙をしたり、ネットの掲示板で告知すると、何となく人は集まってきた。

多くの場合、テクニック的にはぼくの方が上だった。必然的にリーダーになった。リードギターも兼ね、作詞作曲も担当した。

毎日のように練習を重ね、何だかんだでインディーズでCDを出した。ライブハウスなんかではそこそこ人気のバンドだったから、自信はあったのだけれど、売れなかった。いやもう、笑っちゃうぐらい売れなかった。

理由はわかっていた。ぼくたちがたどり着いたのは九人編成のデスメタルバンドだった。過激な歌詞や衣装、がなる歌声がウリだ。

わざとそうしたのではなく、勢いというか流れというか、極限まで突っ走るしかなくなっていたのだ。デスメタルはないだろうと今になって思う。若気の至りだ。お恥ずかしい。

みんなでバイトをして金を作り、練習してライブハウスで演奏し、どうにかこうにか年に一枚アルバムを出し続けた。辞めていく奴もいたし、新しく入ってくる奴もいた。そんな毎日を繰り返し、気づけば八年経っていた。

最初から参加していたのはぼくとDJのニラだけだったけど、ある日髪を短く切ったニラがスタジオにやってきて、もう終わりにしようと言った。周りの七人もうなずいていた。

潮時じゃねえか？　今なら社会復帰できるかもしんねえぞ。

反対しても仕方ないとわかった。ぼくを抜きにして、みんなは話を決めていたのだ。

半年後、最後のフルアルバムを作り、バンドを解散した。最後の最後まで、ＣＤはまったく売れなかった。

どうしようもなくなって、二十七歳の年に気仙沼に帰った。寝たきりになったバアちゃんの面倒を見ながら、紹介された斎藤センセーの写真館でバイトをすることになった。そして三年後、東日本大震災にぶち当たったのだ。

「ついてないっすよ」コードを巻き取りながらぼくはセンセーに訴えた。「どうにもなんないっす。何やってもうまくいかないっていうか」

そんなことはないだろう、とセンセーが白髪頭《しらが》を掻《か》いた。

「いや、そうなんすよ。おれの二十代はどこへ行ったんすかね？　無意味だったよなあ。身についたのはギターのテクと、音楽制作のために使うようになったパソコンのスキルだけっす。それだって、もっと凄《すご》い奴はいくらでもいるし。親父《おやじ》もバアちゃんも死んじゃったし、つまらん人生っていうか」

「みんなつまらん人生だよ」

センセーがぼそりと言った。いや、そういう言い方されると、どうしようもないっていうか。そりゃそうなんですけどね。

＊

土曜の夕方、あたしは市内に出てカラオケボックス「AMY」に行った。久々の外出だった。前に通ってた高校の同級生六人で集まることになったのだ。当然、全員女子。

気仙沼市内にカラオケボックスは二軒しかない。もう一軒は不良のたまり場「ジュピター」だから、みんなで集まることができるのは、ここかショッピングモールのムーンオンぐらいしかなかった。気仙沼ってそういう町なのだ。

もうみんな席についていて、近況を報告しあったり、歌ったりしていた。それぞれ違う高校へ行ったり、サテライト教室で授業を受けたりしている。この前会ったのは七月の初めだったから、約二カ月ぶりだった。

「ピータンは？」

隣の席のみかりんに聞くと、彼氏ができたから今日はパスと言ってぶっちぎったという。何ちゅう裏切りだろう。どういうこと？

「しいちゃん、メール見てくれてんの？」

みかりんがスマホを突き付けてきた。新し物好きで、ケータイからスマホに機種変したのは、クラスで一番早かった。

見てるよと答えると、返事くんないじゃん、とみかりんが拗《す》ねた。ゴメン、と鼻の頭を掻いた。

今日パスしたピータンを含め、あたしたち六人は仲良しグループだ。だった、なんて過去形にするつもりはない。高一、高二と同じクラスで、部活が一緒だった子もいる。

だけど、なかなか会えないのもホントだ。学校が違ってしまったからでもあるし、それどころじゃないってこともあった。

県外に出てしまった子もいるし、受験の準備を始めてる子もいた。大震災の後、出歩いたり遊んだりしてると危ないと親がうるさく言うようになったし、みんなそれぞれ事情を抱えてる。会う機会が減るのはしょうがない。

特に、不登校になったあたしは、他人とコミュニケーションを取るのが面倒になっていた。メールが来ても開かない。返したいけど、何て言っていいのかわからなくなって、送信ボタンを押せなくなる。

みかりんたちはあたしの気持ちをわかってくれてるから、怒ったり友達付き合いを止めるなんて言わなかったけど、自分でもどうしようもなかった。生きてるんだか死んでるんだか。

今日来たのだって、全員から無限ループでメールが入り続けたからだ。

「ゴメンね」

気にすんな、とみかりんが肩を乱暴に叩《たた》いた。それで少し落ち着いた。

ドリンクを飲みながらお喋りをして、順番が回ってくれば歌った。親と妹以外の人と話すのは久しぶりだったし、思いきり声を出したり踊ったりするのも仮設住宅だとなかなか厳しい。気がつくと、リミッターを外して歌っていた。

「詩織ってさ、小っちゃいけど、けっこう踊れるよね」一番仲のいい優美《ゆうみ》、Uが言った。「手足が長いのかな？　大きく見えるよ」

あたしは公称百六十センチだけど、ホントは百五十九だ。中学では三年間ずっとバスケをやってたのだけど、結局背は伸びなかった。

スタイルは良くも悪くもなく、フツーだって自覚してる。ダンスは好きだけど、ちゃんとやってたわけじゃないから、別にうまくない。Uが言ったのはお世辞だってわかってた。

あたしの世代だと、誰でもそこそこは踊れる。ママたちの頃とは違って、ダンスは身近にあった。気仙沼みたいな田舎《いなか》でもスクールがあるぐらいなのだ。

AKBやももクロちゃんの影響もある。その前はモー娘だった。テレビの中のあの子たちは楽しそう。いいよね。羨ましいよ。

ボックスはだんだんと盛り上がっていき、しまいにはみんなで立ち上がって肩を組んで一緒に歌い、踊った。こうしていると大震災のことも、他の何もかもが忘れられた。

楽しいこと、いいことなんてホントにない。辛《つら》いこと、嫌なことばっかしだ。

みんな、それぞれ背負っているものがある。忘れられないことがある。忘れたいことがある。

クラスメイトの何人かは、津波に呑《の》み込まれて亡くなっていた。家族もそうだ。

みかりんのママは最近遺体が発見された。オッチョは自分以外の家族を全員亡くしている。

あたしもおじいちゃんとおばあちゃんには、もう二度と会えない。

何であんな酷《ひど》いことがあったんだろう？　どうして東北だったの？　神様がそうした？

あんな残酷なことを？

どうしてこんなちっぽけな町に生まれ、育ったんだろう。あたしたちばっかり辛い目にあってる。わけわかんない。

うちら、何か悪いことした？　してないよね？　ホント、マジむかつく。

次の曲入れよう、とハナちゃんが叫んだ。Uがリモコンのボタンを押した。

＊

高校卒業後、約十年東京で暮らした。プロのアーチストになれないまま実家に帰った。

十年ぶりに見る気仙沼は何ひとつ変わってなかった。東京の変化のスピードに慣れたぼくの目から見ると、信じられないぐらいだった。

小さな田舎町で、何もない。本当に何もだ。東京とは違う。遊ぶところもないし、面白いことなんてめったにない。馬鹿馬鹿しくって笑えるほどだ。ああ気仙沼、愛と哀しみのわが故郷。

とはいえ、ほっとしたのも事実だ。ヤザワやナガブチを目指して上京し、その他大勢と同じように東京に負けて地元に戻っていたが、海も山も変わらずにぼくを待っていてくれた。安心できた。

変わらなかったのは自然だけじゃない。父や母、親戚や町の人も、そして友達も変わっていなかった。十年ぶりに舞い戻ったぼくを、何日か旅に出ていたのと同じレベルで迎え入れてくれた。

人間関係はすぐ昔に戻った。斎藤センセーの写真館のバイトを紹介してくれたのも、昔のクラスメイトだった。

小学校の頃からそうだったけど、つきあいが深くなるのはある意味必然で、何しろ田舎だからどこへも行けない。一番近い大都会は仙台ということになるが、今だって二時間近くかかる。

どうしたって仲間内で遊ぶしかないから、一緒に過ごす時間は長くなった。そりゃ仲もよくなるだろう。

実家に戻って三年後に、東日本大震災が起きた。人生最悪の出来事で、おそらくあれ以上酷いことはこの先一生ないと断言できる。

何もかもがメチャクチャになったけど、ひとつだけいいことがあった。町に住む人達の絆《きずな》が深まったのだ。

家族や友人、知り合いの多くが亡くなった。その分、残った者たちはお互いが大切な存在になった。

クサいことを言うなという話だが、ああいうことがあると人間は一人じゃ生きていけないのがよくわかる。経験した者でなければわからないだろうが、それは本当だ。

あれから、ぼくたちはしょっちゅう会うようになった。話したり、酒を飲んだり、泣いたり笑ったり。そうしなければやっていけなかった。

復興なんていつの話だとみんなが言う。半年経っても町は何も変わらない。流された家や建物、打ち上げられた船がいまも置き捨てられている。

どこもかしこも荒れ果てて、足りないものばかりだ。だからこそ、助け合わないと生きていけなかった。

気仙沼に限ったことではなく、被災地域には自然発生的にいくつものボランティア団体が生まれた。どうにかしなければならないという思いは、みんなに共通していた。

ぼくは大震災が起きるまで、そんなことに一切興味も関心もなかったのだけれど、二つのグループに加わった。何ができるわけじゃないけど、力仕事ぐらいなら手伝える。

中学時代からバンド活動がぼくのすべてで、部活もせずにギターばかり弾いていた。学業について誇れることはひとつもない。友達もそんな奴ばかりだった。つまり、少しやんちゃな毎日だったということになる。

ただ、そういう連中には妙な団結力があり、ひと声かければみんな集まってきた。行動力だけはあるのだ。ぼくが住んでいたのは、そういう町だった。

＊

次の土曜日、ぼくは何事もなかったかのようにいつもの仲間と飲んでいた。酒しか楽しみがないのかと言われそうだけど、大目に見ていただきたい。いや、ホント酒ぐらい飲ませてくださいよ。

女にふられたとさめざめと泣き出したプー助をみんなで慰め、千葉から毎週来ている復興ボランティアの女の子と毎日電話で話しているというヨッチンをやっかみ、酔っ払ったヒデがヨッチンのスマホをアイスペールに突っ込んで大騒ぎになった。

サトケンさんがお前のことを捜してるぞ、とビールをピッチャーごと飲んでいた酒乱のサブローが陰気な目でぼくを見ながら言ったのは、乱痴気騒ぎが少し落ち着いた時だった。

「サトケンさん？　何で？」

知らねえ、とサブローがぼくのウーロンハイを断りなしに飲んだ。

「話があるとか言ってた」

そんなこと言われてもなあ、とぼくはグラスを奪い返して頰に当てた。この前病院で一瞬姿を見た時、隠れたのは正解だったようだ。見つかったら面倒なことになっていただろう。

サトケンさんのことはよく知らない。何しろ十五年先輩で、直接の関係はないのだ。

ただ、町の有名人だから、噂《うわさ》は何となく聞いていた。本名里中健太《さとなかけんた》、四十五歳、既婚、子供二人。気仙沼駅近くの保険会社勤務。

高校卒業後、三浪して東京の四流大学に入ったらしい。相当なもので、ぼくに言われたくはないだろうが、頭の程度は察しがつく。

事情はよくわからないのだが、大学入学時、既に結婚していたそうだ。どういう人なんだ？

大学時代のことは何も知らない。ぼくたちの間に伝わっているのは、高校の時の伝説だ。

入学式に中古のキャデラックで乗り付けてきた。市内にあった暴力団事務所にカチコミをくらわせ、事務所そのものを破壊した。高二の夏にバイトしていた運送会社で三台のトラックをぶっ壊した。

町に新しくできた牛丼屋の開店キャンペーンで十五杯の牛丼を二十分で食べて、一年間の無料パスをゲットした。仙台であった中森明菜のコンサートで楽屋に侵入して、パンツ一枚を戦利品として持ち帰った。

大半は嘘《うそ》なのだろう。そう思いたい。そんな人間、いるわけないでしょ？

お節介で気が短く、誰とでもすぐ仲良くなり、誰とでもすぐケンカする。酒と女と子供に弱く、わかりやすく巨乳と安いスナックを愛する。

これは事実らしいが、気仙沼で初めて暴走族を組織化し、働き始めてからは東京直輸入のクラブ文化を持ち込んだという話も聞いたことがあった。不良ということではなく、集まって何かをするのがどうしようもなく好きなので、そういうことになるらしい。

面倒なのは、上下関係にうるさく、すべてにおいて先輩が言っていることが正しいという、今どきあり得ない宗教的信念を持っていることで、はっきり言うが、下の者にとっては非常に迷惑な人だ。

年下の人間に人生を説くのが義務だと思っているらしく、ぼくの周りでも摑《つか》まって居酒屋で朝まで説教された被害者は数知れない。

幸い、ぼくは高校を出てすぐ上京し、十年帰らなかったのでサトケンさんから直接被害を受けたことはなかったけど、それでも避けて通るべき人だというのはよくわかっていた。

今日まで話したことはない。そんなサトケンさんが、なぜピンポイントでぼくを捜しているのだろう。

何か知ってるかと聞いたが、その場にいた全員が視線を逸《そ》らした。係わりあいになりたくないらしい。ついてねえな、とサブローがつぶやいた。

「目をつけられちまったんだ。悪いことは言わん。今すぐ町を出ろ。それ以外逃げらんねえ」

「マジでか？」

「あの人は天災みたいなもんだ。理不尽大王なんだ」サブローがぼくの肩に手を置いた。

「大震災より防ぎようがない。予言しておく。お前はトラブルに巻き込まれる」

「じゃあ逃げよう」

その前にもう一杯、とぼくはウーロンハイのグラスを高く掲げた。

＊

クラスメイトに会った後はユウウツだ。あたしはベッドの上で転がった。

どうしてみんなうまくやれてるんだろう。ちゃんと学校に行って、友達なんかも作って、勉強して。スゲエ、超人だよ。

もしかしたら家の手伝いとか、バイトなんかもしてるのかも。彼氏なんか作っちゃったりして。いいよね、羨ましい。何でそんなことができるの？　教えてよ。

高校卒業したら大学に行く？　就職する？　立派だよ。みんなには目標がある。未来がある。あたしには何もない。

何もしたくない、と枕に顔を埋《うず》めた。そんな気になれないよ。

どうしろっていうの？　今さら学校へ行けって？　勉強して大学行ったらどうなるわけ？　何があるの？

学校に行かないんなら働けってパパは言う。お金が余ってるわけじゃないのはわかってる。

新築したばかりの家が流されて、ローンだけが残った。支払いはマジ大変だ。シャレになんない。ショックも大きかっただろう。

狭い２ＤＫの仮設住宅で暮らすしかなくなって、イライラしてるのもわかる。でも、あたしに当たらないでほしい。大震災も津波も、おじいちゃんとおばあちゃんが死んだのも、あたしのせいじゃないじゃん。

「お姉ちゃん」二段ベッドの上から知佐の声がした。「どうすんの、マジでこのままヒッキーになんの？」

「うるさい」

うちは違う、と知佐がちょっと真面目な声で言った。

「学校だって行く。勉強もちゃんとやる。バスケ部のレギュラーになったんだ。うまくしたら推薦もらえるかも。ゆくゆくは大学行って、いいとこ就職したい」

「頑張れ」

「お姉ちゃんも何かした方がいいって、ゼッタイ。前はそこそこ勉強だってできたじゃん。もったいなくない？」

うるさい、と毛布をかぶって叫んだ。うるさいうるさいうるさい。

「あたし、忙しいの」自分でも訳のわからないことを言った。「それどころじゃないんだって」

ベッドから降りた知佐が黙って部屋を出て行った。同じ姉妹なのに、どうしてこんなに違うんだろう。

性格もまるで逆で、知佐は積極的で頑張り屋だ。親や近所の人、友達なんかともうまくやってる。評判もいいし、あの子の方がカワイイ。

パパもママも、知佐には優しい気がする。そりゃそうだ、いい子だもんね。

仰向《あおむ》けになって、枕を上から顔に押し当てた。何で生きてるんだろ、あたし。

こんなことなら、あの時津波に呑まれて死んじゃえばよかった。あたしなんか、いてもいなくてもどっちでもいいんだ。

＊

九月二十日、ぼくは正式に写真館を辞めた。少しばかりの退職金を受け取り、その足で向かったのはパチンコ屋だった。

来月から準備をして、十一月になったら、自宅のガレージを改造した小さな写真スタジオを始めることになっていた。センセーのコネや友達、知り合い、そしてネットを通じて客を集めていたけど、実際に営業を開始するのは一カ月以上先だ。

それまで少し休もうと思っていた。今日は自分への慰労と退職祝いということで、一日中パチンコをして過ごそう。

「ヘッタクソだなあ、おめえ」

心底軽蔑しきった声がして、振り向いた。最悪だ、と首を引っ込めたが、もう遅い。サトケンさんが立っていた。茶色に紺のストライプという、色彩感覚の欠如したスーツ姿だった。

「おめえ、リューイチだろ?」ぼくの受け皿に玉を流し込みながらサトケンさんが言った。「パチンコ、やったことねえのか」

「ありますよ。あの、玉はいいです。遠慮します」

「天釘を狙うんだよ」ハンドルを握るぼくの手に自分の手を重ねた。「バカ、飛ばし過ぎだ。もっとソフトに打つんだよ。リズムだリズム。ああ、センスねえなあ。真剣にやれ、この野郎」

うるさいなこの人、と心の中でツッコみながら、何か用ですかと聞いた。偶然この店に来たわけじゃないのだろう。

ぼくを捜しているという話は聞いていた。何でもいいから、さっさと済ませたい。

「いいから打て。ガンガン行け。この台はイケる」

「どうしてですか?」

「おれが昨日四万突っ込んだ」サトケンの目が妖しく光った。「そろそろ出なきゃおかしい」

「いや、それって……駄目な台ってことなんじゃないすか?」

「もういい。代われ」ぼくの体を押しのけて、尻を半分シートに載せた。「おれが打つ。おめえみたいな素人《しろうと》に任せておけるか」

「いつの時代のパチンコ台の話をしてるんです? 全自動のパチンコ台に素人もプロもない

っすよ」

「ごちゃごちゃうるせえんだよ。おめえが生まれる前から、おれはパチンコを打ってるんだぞ」

「未成年でってことですか？　それって法律で禁止されてますよ。放っといてください、遊びで打ってるんですから」

「遊びでパチンコを打つな！　バクチは真剣にやれ！」

　ハンドルを奪い合うぼくたちを、隣の席の客が迷惑そうに見ている。店員もやってきた。すいませんすいません、お騒がせしています。

「リーチだ！」

　サトケンさんの声にぼくは台を見つめた。7が二つ、その真ん中をゆっくりと妖怪のキャラクターが回っている。手を取り合って、入れ！　と叫んだ。

「兄ちゃん、こいつは激アツだ」隣のジャンパーのおっさんが呻《うめ》いた。「初めて見る妖怪だぜ。もしかして、こいつは伝説の……」

　ファンファーレが鳴った。台全体が光り出す。何だ何だと他の客も集まってきた。入れ、入れとサトケンさんがネクタイを振り回している。

　三十秒後、数十人の見物人が見つめる中、妖怪が白旗を上げた。7が三つ揃う。確変だ！

「リューイチ、気を緩めるな！」サトケンさんが上着を脱いでフロアに叩きつけた。「ここが勝負だ！　どんどん行け！　死ぬ気で打て！」

「はい！」

「すげえぞ、おれのデータじゃ、この台で7が揃った時は最強だ。突っ込め！　この店をぶっ潰すぞ！」

「はい！」

真っ青な顔になった店員が走り去っていった。際限なく玉は吐き出されてくる。大当たりが終了して、すぐにまた7が三つ揃った。大変だ大変だ！

「箱持ってこい！」

サトケンさんが怒鳴った。他の客たちが、一斉に自分の箱を差し出した。

＊

「何で止めてくれなかったんですか」

ぼくは居酒屋のカウンターでビールを飲みながら、愚痴をこぼした。あれから八時間経っていた。

二十箱、十万まで勝った瞬間もあったのだ。だがサトケンさんは台を離れることを許さなかった。

どこまでも攻めろと命令し、こんなところでいいだろうとか、勝ちを確定させようとか、そういうことは一切言わなかった。

見守っていた他の客たちを扇動し、もっと行け、勝つか死ぬかだと煽《あお》り続け、店全体を巻き込んで大騒ぎし、結局すべての玉を呑まれ、それでも足りずにぼくを近所のＡＴＭへ走らせ、五万円を突っ込んだところで蛍の光が流れだし、店は閉まったのだった。

「勝てたんですよ、いいところで止めとけば……」

「でも、面白かったただろ？」

サトケンさんが大口を開けて笑った。バカじゃないのか、この人。金、返してくれよ。

「おめえ、ミュージシャンなんだってな」

なめろうを指でつまみながら言った。違います、とぼくはおしぼりを投げて渡した。

「そんなんじゃないです。趣味でやってただけで……」

「プロのミュージシャンを探してた」ぼくの話に耳を傾けるつもりは一切ないらしい。「気仙沼にアイドルグループを作る。アツいぜ、こいつは」

「何の話ですか？」

「おれがプロデューサーをやる」

辺りを見回したサトケンさんがひそひそ声になった。誰にも聞かれたくないということらしい。

「おめえは曲を作れ」

真顔で言うサトケンさんの頭をかち割りたくなった。何を言ってるんだ、このオッサンは。どこかにいい病院はなかっただろうか。

「東北新報に募集の広告を出す」上着の内ポケットから一枚の紙を取り出した。「今日、契約してきた。明後日の朝刊だ」

紙を広げると、手書きの汚い字が記されていた。

『気仙沼のアイドルになりませんか？　メンバーを募集します。中学生から高校生まで、歌とダンスが好きなら誰でもオッケー！　あなたもＡＫＢになろう！　連絡は以下のアドレスへどうぞ！』

「……何すか？　これ」

「掲載料で六万も取られた。ボリやがるぜ」サトケンさんが舌打ちした。「だが、こいつが載ればやりたいって子がバンバン来る。おめえはすぐに曲と詞を書け。ステージに立たせる。ライブもやる。握手会だって撮影会だって何だってやる。一年以内に気仙沼市内に劇場を建てよう。最終的にはコボスタ宮城でコンサートだ。いや、それじゃ足らんな。全国のドームを回ってツアーでもやるか」

「すいません、何言ってるんですか」酔ってるんすか、と半分ほど減ったジョッキに目をやった。「そんなに飲んでるわけじゃないでしょ？　それにしちゃ、メチャクチャなこと言ってますよ。そんなことできるわけないじゃないですか」

「グダグダ言うな。とにかく曲を作れ。この町にプロのミュージシャンはおめえしかいねえんだ」

「いや、だからプロじゃないって言ってるじゃないすか。サトケンさん、ぼくがどんな音楽やってたか知らないでしょ。デスメタルっすよ。わかります？　デスメタル。要するにヘビメタのもっと濃い奴です。アイドルの曲なんて真逆ですよ。そんなもん、ぼくに書けるわけないでしょうに」

「プロだろ？　プロってのは、注文に応じて曲を書くもんじゃねえのか」

「だーからー、プロじゃないって言ってるでしょうに」

呆《あき》れ果てた。やっぱり面倒な人だ。言うべきことは言っておかないと、後でまずいことになるだろう。

「バンドはやってましたよ。十年、インディーズで活動してました。ライブハウスにも出てたし、ＣＤだって作りました。ギター歴は十五年以上です。だけど、そんな奴はいくらだっていますよ。ぼくはアマチュアなんです」

「CD出したってことは、プロじゃねえか」

「自主制作ですよ。しかも売れなかった。メジャーなレコード会社から声がかかったこともない。何ひとつ、かすりもしなかったんです。そんなレベルなんですよ。プロなんて、おこがまし過ぎる。ましてやアイドルに曲を書くなんて、できっこないじゃないですか」

「書けるよ、おめえは」

回らない舌でサトケンさんが言った。ちょっとむかついて、何言ってんだ、とカウンターを叩いた。

「何も知らないで、よくそんなこと言えますね。ぼくのバンドの曲だって、聴いたことないんでしょ？」

「おめえには書ける」残っていたビールをちびちびなめていたサトケンさんの首が、がくっと前に垂れた。「才能があるんだ。おれにはわかる」

ないっすよ、とつぶやいて焼酎のボトルを注文した。何もわかってないくせに、適当なこと言うなよ。

睨《にら》みつけながらお湯割りを飲んだ。こっちも酔わないとやってられない。サトケンさんはそれ以上何も言わなかった。

一時間ほどそうやって飲み続けてると、いい感じで酔っ払った。そんなに強いわけじゃないのだ。

帰るか、とサトケンさんがぼそりと言った。十二時を回っていた。頃合いだろう。客はぼくたちだけになっていた。

立ち上がったぼくに、払っとけ、とサトケンさんが手刀を切った。はあ？　何だって？

「あと、煙草《タバコ》くんねえか。なくなっちまった」空の箱をくしゃくしゃに丸めてカウンターに放った。「おれ、金ないんだよ」

何なんだ、この人。口を利いたのは今日が初めてだ。しかもぼくは後輩だぞ。おごってくれなんて言わないけど、払っとけってどういうこと？

やっぱり頭がおかしい。間違いなく、係わっちゃいけない人なのだ。

財布から一万円札を抜き取ってカウンターに叩きつけ、無言で店を出ると、雨が降っていた。今日はついてない日だった。たどり着いたらいつも雨降りだ。そんな日もあるよなあ。

＊

むくんだ顔をローラーでこすりながらリビング兼用のキッチンに入ると、ママがテレビを見ていた。いつもの光景だ。

トーストを一枚焼いて、もそもそ齧《かじ》った。パパは会社、知佐は学校。昨日のリプレイかと思った。

遅い朝食を済ませると、しいちゃん、とテレビから目を離さずにママが口だけを動かした。

「新聞、読んでみて」

何言ってんの、と思いながら紙面を開いた。どこを読めって？　めくっていくと、地方版の頁《ページ》に赤いペンで丸がしてあった。

小さなスペースに、気仙沼のアイドルになりませんか？　とそこだけ太い文字が書かれている。

「何、これ」

「ねえ、そこ行ってみない？」ママが体をあたしに向けた。「学校に行きなさいとか、働いたらどうなのとか、そんなこと言う気はない。ママ、あの時からそう思うようになった。生きててくれればそれでオッケー。それ以上は望まない」

「はあ」

「でも、引きこもりもどうかとは思う。そこにアドレス書いてあるでしょ？　さっき、問い合わせのメール送ってみた」

「はあ」

「すぐ返信があった。練習は週に一回、入会金とかもいらないし、資格も何にも必要ないって。一種のボランティアっていうか、そんなつもりでとか書いてあった」

「ちょ、待ってママ」あたしは両手を上げた。「いきなり何？　どうしてここへ行けなんて言うの？」

「歌とかダンス、好きでしょ」ママが真面目《まじめ》な顔で言った。「小さい頃はアイドルになるって言ってたじゃない。覚えてない？」

「言ったかもしんないけど、そんなの無理だって。そりゃ、小さい時はそんなことも言うでしょうよ、女の子だもん。でも、もうなれないってわかってる。十七歳にもなればわかりますって」

「そうかなあ」

「なれるわけないじゃん」あたしは顔をしかめた。「別にカワイイわけでも、スタイルがいいわけでもないんだし」

「アナタはカワイイわよ。ママの娘だもん」

「……ママの評価はどうでもいい。世間レベルじゃ並だってこと。あたしがアイドルになれるんなら、ママだって女優になれる」

じゃあ、なろうかなとママがしれっと言った。

「それでね、練習は紫市場でやるんだって。時間は午後六時から三時間ぐらいで……」

「紫市場って、仮設商店街でしょ？　南町じゃん。うちからじゃ遠いよ。九時に終わったら、もうバスも走ってない。どうやって帰れって？」

「ママが送り迎えする」

何で？　どうしてそこまで？　あたしはママを見つめた。顔がマジだ。やっぱり、引きこもりの娘がいるのってカッコ悪い？

「とにかく申し込んでみれば？　メールするの。もっと詳しく説明してもらった方がいいかも。ほら、早く早く。あんたのスマホどこ？」

煽られて、ジャージのポケットからスマホを取り出した。この前みかりんに勧められて、新機種を買ったばかりだ。

どうなってるのだろう。意味がわからないまま、記事にあったアドレスを入力していった。

＊

ベルが鳴ってる。ぼくは半分眠ったまま手を伸ばした。何時だ？　八時？

おかしいな、とベッドから起き上がった。そんな時間に目覚ましをセットした覚えはない。

写真館のバイトを辞めた今、八時に起きる必要はないのだ。

鳴っていたのはスマホだった。電話だ。知らない番号。誰だ、こんな朝っぱらから。

「おれだおれだおれだ」

怒鳴り声にスマホを耳から離した。誰だ誰だ誰だ？

「おれだ」サトケンさんだった。「起きろ、朝だ。一日の計は朝にあり」

「何を言ってるんです？　何時だと思ってるんですか」

「新しい朝が来た。希望の朝だ」

「何なんですか、いったい。ぼく、昨日遅かったんですよ……あの、この番号教えましたっけ？」

「この前飲んだろ？　おめえがトイレに行った隙に、ちょっと見たんだ」

「それって犯罪ですよ」

「つまらんこと言うな。五分で支度しろ。さっさと来い」

「どこへ？」

「うちの会社だよ。決まってんじゃねえか。駅前の気仙沼自動車保険だよ。知ってんだろ？」

「無理ですよ。そんな、いきなり……ぼく、低血圧なんです」

サトケンさんがその会社に勤めてるのは知ってた。あんな人に保険の営業をさせるなんて、奇特な会社もあったもんだ。坊主にクリスマス会の司会をさせるぐらい不釣り合いだろう。

そんな暇ないんですと言って電話を切ると、十秒後ショートメールが入った。いいから来い。さっさと来い。十分で来い。

無視してたらまた、電話が鳴った。あのねえ、と言ったぼくに、やっぱ五分で来いとサトケンさんが言った。ゼッタイ頭がおかしい。

断ったが、電話は鳴り続けた。メール、電話、メール、電話。一分おきに着信がある。

誰だ、携帯電話なんか発明したのは。これは脅迫だ。暴力だ。誰か助けてください。

六回目の電話に出たぼくは、わかりましたよと答えた。行きますよ。行きゃいいんでしょ?

＊

トレーナーにジーンズ、上からスタジャンを引っかけてスクーターで駅へ向かった。十分ほど朝の町を走ると駅前に出た。

そんなに探し回る必要はなく、すぐに気仙沼自動車保険・KJHという大きな看板が見つかった。驚いたことに、腕を組んだサトケンさんが会社の前で仁王立ちしていた。

「遅いぞ、リューイチ」

入れ、とぼくの腕を引っ張った。店内に人の気配はない。よく考えると、今日は祝日のはずだ。休日出勤ということなのか。

「何なんです？　ぼくにだって都合ってものが……」

座れ、と椅子にぼくの体を押し込んだサトケンさんが、自分のデスクに尻を載せた。上から覗き込まれると、痩せているが長身なので、やたらと迫力があった。

今日は比較的まともなグレーの背広姿だったが、ワイシャツの襟が異常に幅広い。そしてネクタイの柄が蛇なのはどうなのか。そんな人が奨《すす》める保険に誰が加入する？

「昨日の新聞は見たか？」

「見ましたよ。うちも東北新報取ってますから」ぼくはうなずいた。「載ってましたね、広告。冗談じゃなかったんだ。ずいぶん小さかったですけど」

「小さくたって広告だ」サトケンさんが威張って胸を張った。「金だって払った。新規ビジネスに投資は必要だからな。出してみるもんだ。ちゃんと申し込みが来た」

「良かったっすね。一人？　それとも二人？」

「九人」

サトケンさんが煙草をくわえた。ちょっとびっくりした。あんな小さなスペースの広告に九人も？　マジっすか？

「申し込みだけでだ。問い合わせはもっと来てる」デスクのパソコン画面を指で叩いた。

「新聞社に電話した者もいるそうだ」

「本当にたいしたもんですね。どこまで本気なのかは別として――」

「鉄は熱いうちに打たなきゃな」

サトケンさんはぼくの話など聞いていなかった。考えてみると、最初から一度もぼくの言葉に耳を貸したことはない。

「来週末の日曜に集まれと返事した。おめえも立ち会え。楽曲作りの責任者がいないとマズイだろう」

「待ってください、オーディションでもやるんですか？」

しねえよ、とサトケンさんが大きく口を開いて煙を吐いた。

「申し込んで来た奴は全員メンバーだ」

「待ってください」何度同じことを言わなければならないのだろう。「メールで申し込んできたんですよね。顔も見てないのに、全員合格？　身長も体重もスタイルも、歌唱力もダンスのスキルもわからないのに？」

「おめえは質問しかしねえのか」

そうじゃなくて、とぼくは腰を浮かせた。

「アイドルグループを作るつもりなんですよね。広告にもそう書いてある。それはいいとして、アイドルでしょ？　こんなこと言ったら何ですけど、すごいブスとか来たらどうするんですか」

来ねえよ、とサトケンさんがぼくの肩を摑んで、椅子に押し戻した。

「アイドルを募集してるんだぞ。すげえブスなんか来ねえって。そこまで頭悪くねえだろうさ」

「じゃあ、百歩譲ってそこはいいとしましょう。でも、歌やダンスは？　声だって聞いてないわけでしょ。アイドルなんだから歌って踊らなきゃならない。どうしようもなく下手だったら？」

「練習すりゃあいいじゃねえか」

「誰が教えるんです？　ボイトレは？　そもそも振り付けはどうするんです？　その辺、考えてるんですか」

「ボイトレって何だ」真顔で質問された。「難しく考えちゃいかん。ブルース・リーも言ってる。考えるな、感じるんだ」

「あのですね、小学校の音楽の授業じゃないんですよ？」ぼくは頭を抱えた。「一人でもそうですけど、グループで歌うんならそれなりの練習が必要です。みんなが好き勝手に歌ったら収拾がつかなくなるのはわかるでしょ？　声には声質や音域ってものがある。声量だって違うでしょう。誰かがコントロールしなきゃならない。指導する人間もいるでしょう。それをやるのがボイストレーナー、ボイトレです」

「やっぱプロは違うな」感心したようにサトケンさんが手を叩いた。「お茶でも淹《い》れようか？　飴食べる？」

「いりませんよ。ダンスならなおさらです。コレオグラファーとは言いませんけど、教えたり振り付けを作る人がいなかったら話になりません」

「勉強になるなあ。それからそれから？」

「衣装やヘアメイクはどうするんです。プロの水準を求めるつもりはないですけど、最低限のレベルってあるでしょ。それに、レッスン場は？」

「それは確保してる」サトケンさんが指を鳴らした。「南町の仮設商店街のスペースを週一で借りた。何とかなるさ」

なりませんよとツッコむのも虚《むな》しくなって、ため息をついた。どうしてこんな人の相手をしなきゃならないんですか、神様。ぼく、何か悪いことしました？

「いいからおめえは曲を作れ」サトケンさんが命令した。「今日は金曜だ。女の子たちは九日後の日曜に集まる。それまでに曲を用意しておけ」

「そんなこと言われても」

サトケンさんがにこにこ微笑みながら、人差し指で鼻の頭を掻いた。

「言う通りにしないと、気仙沼港に沈めちゃうよ」

その笑顔止めてください。マジ怖いんですけど。

「いや、ホントに無理ですって。協力したいっすよ、先輩のためですもん。バンジージャンプだってしちゃいますって」両手を蠅《はえ》より速くこすった。「ただ、それは専門が違うっていうか、野球選手にサッカーさせてもダメでしょ？　これはそういうことで……」

「音楽はひとつだよ。ジョン・レノンもそう言ってる。想像してごらん」

いや、ジョンはそんなこと絶対言ってませんって。しばらく抵抗したけど、さっさと帰って曲を作れ、とあっさり追い出された。

アイドルが嫌いなわけじゃない、とスクーターを走らせながら考えた。高校の時はモー娘のなっちのファンだった。

日本中のどこにでもいるボンクラ中学生と同じく、ヤンマガやヤンジャン、プレイボーイのグラビアを見ながら、誰がいい誰がタイプだ、誰が巨乳で誰が美乳だと言い合って過ごした。ロックと出会ってそれどころじゃなくなったけど、健全な男子としてカワイイ子は好きだ。ああ好きさ、大好きさ。

メロディは昔作った曲のバリエーションでどうにかなるだろう。デストロイな曲ばかりではなく、メロディアスな曲だって作ったことぐらいある。

むしろ問題は歌詞、リリック、ライムだろう。今まではデスメタルの様式に則《のっと》って、気に入らない奴はぶん殴れ、この国を滅ぼせとアナーキーなことをバイオレンスに書き綴《つづ》っていたが、アイドルが暴力を煽るのはマズいに決まってる。

かといって、愛がなくちゃねとか、夢に向かって飛び出そうとか、それはそれでキツいものがある。今さら恥ずかしくって書けないっすよ、ぼく。

しかし、そんなことを言ってる場合ではなさそうだった。曲が書けなかったら、マジでサトケンさんは町中をサーチして、ぼくを見つけ次第タコ殴りにするだろう。場合によっては家族から親戚に至るまで皆殺しだ。

とにかく一曲書こう。それでお役御免だ。さっさと逃げたい。

数日かけて八〇年代アイドルから現代のももクロまでの歌詞を研究し、どうにか形を整えた。メロディ作りの方がむしろ簡単で、今はパソコンと作曲用のソフトがあるから、それなりのオケは作れた。そういう作業には慣れていた。

全部終わった時、それはそれは美しい夜明けの光が部屋に射し込んでいた。

step 2 オーディション？

徹夜で作った曲の完パケCDを何枚も焼いて、約束の日曜の昼、待ち合わせていた市内のカラオケボックス「ジュピター」に持っていった。すいません、ちょっと休んでいいですか。例によって受付前で仁王立ちしていたサトケンさんが、いつも遅《おせ》えなおめえは、と罵りながら隣にあるハンバーガーショップにぼくを引っ張って席に座らせ、曲はできたのかと凄んできた。

ＣＤを差し出すと、それなら何か食えとお許しが出た。テリヤキバーガーとオレンジジュースをオーダーしてひと息つくと、ディスクを眺めていたサトケンさんが、よくやったとつぶやいた。

「いい曲だ」

何度目になるのかわからないけど、まじまじとその顔を見つめた。

あなた、ＣＤ見ただけで曲がわかるとおっしゃる？　どうやって聴いたんですか？　まさかエスパー？

「いい曲だ」

しみじみうなずいてる。どうしようもなく、ぼくはハンバーガーを飲み込んだ。係わりあいにならない方がいい。

午後一時ジャスト、カラオケボックスの大部屋に入った。女の子たちがそこにいた。あか抜けない子たちばかりだ。

一人で来ている子もいたけど、大半は母親同伴だった。そりゃそうだ、何だかわからない話なのだから、心配にもなるだろう。

もしかしたら騙《だま》されてAVを撮られるかもしれない。親として、来るのは当然だ。

女の子たち、そして母親たちがびびっているのがわかった。サトケンさんはいつもの襟幅の広いワイシャツに、今どき珍しいイタリアンテイストの細みのスーツで、ひとつ間違ったらそっち系の方《かた》にも見えた。

スタジャンにキャップ姿のぼくは、ヤンキーっぽくさえ見えたかもしれない。申し訳ないけど、曲ができたのはついさっきで、服を選んでる余裕なんてなかったのだ。

五分ほど待ったところで、時間だ、とサトケンさんが言った。実は意外と時間にしっかりしたところがある人で、そうでなければ本当に社会から爪弾《つまはじ》きにされていただろう。何もかもだらしないというわけではないのだ。

サトケンさんが保険会社の名刺を配りながら自己紹介した。多少乱暴な言葉遣いだが、流《りゅう》暢《ちょう》に話している。サラリーマンだということを強調し、怪しい者ではないと繰り返すと、母親たちもそれなりに納得したようだった。

ぼくは女の子たちを順番に見た。全員私服だが、中学生もしくは高校生なのは丸わかりで、年齢はバラバラだった。

サトケンさんの言っていた通り、とんでもないデブとかはいなかった。アイドルになりたいという前提だから、あまりにも無理があると判断した子は最初から来ないのだろう。

保護者の人達に、外でお待ちくださいと言ってから、サトケンさんが隣に座っていた線の細い子にマイクを渡した。

「ワンフレーズずつ歌え」

リモコンを操作した。流れてきたのは、去年の夏に死ぬほど流行《はや》った『ヘビーローテーション』だった。

＊

集合場所として指定されたカラオケボックス「ジュピター」に着いたのは十二時半だった。

車を店の駐車場に駐め、里中という名前で予約されていた店で一番大きいパーティルームに入った。あたしとママが一番乗りらしく、他には誰もいなかった。

「本当にここでいいの？」

ママが不安そうに言った。あたしだって同じだ。

「ジュピター」は市内に二軒しかないカラオケボックスの一つだけど、はっきり言って不良しか来ない店だった。どうしてここなの？　里中さんって、そっち系？

内装も場末感が漂っていた。汚れた鏡張りに、安っぽい電飾が吊《つ》るされている。改装なんて考えたこともないのだろう。いかにも気仙沼な店。

ここへ来たのは、どんなものか様子を探るためだった。ママが何度も行こうと言うし、アイドルって響きにちょっと心をくすぐられたってこともある。女の子なら誰だって一度は憧れたことがあるはずで、あたしもそうだった。

もちろん、それは小さい時の夢とも言えないような夢で、今はそんなの無理だってわかってる。でも、ちょっと気になったし、見に行くぐらいいいじゃない？　そう思って、オッケーとママに言った。

ドリンクを頼んで待ってたら、十分ほどして高校生っぽい女の子が一人で入ってきた。いいですかとも言わず、ソファの真ん中にどすんと座った。

ちょっと大柄できれいだけど、気が強そうだ。怖くて目を合わせられなかった。

それから二十分ほどの間に、続々と女の子が集まってきた。ほとんどが母親と一緒で、中には父親同伴の子までいた。小さい子、瘦せてる子、ぽっちゃりさん。服装と雰囲気で、中学生や高校生なのがわかった。

みんな、お互いを見ようともしない。親とひそひそ話をしてる子もいたけど、すぐ黙った。どうしていいかわからないのは、あたしも同じだった。

壁のデジタル時計が一時を指した時、ドアが開いて趣味の悪いスーツを着た瘦せた中年のオジサンと、スタジャンを着た三十歳ぐらいの男の人が入ってきた。里中ですと名乗ったスーツ男が、ママたち大人に名刺を配っていく。

あたしもそれを見たけど、保険会社の名前と係長という肩書があった。スタジャンは春日ですと名前を言っただけで、後はこっそりあくびばかりしていた。

小さなステージに立った里中さんが、本日はＫＪＨ49のメンバーに応募していただき、ありがとうございますとぼそぼそ言って頭を軽く下げた。あたしたちは顔を見合わせた。

ＫＪＨ49？　何、それ？　思いっきりＡＫＢ48のパクリじゃね？

保護者の方は外でお待ちください、と里中さんが言った。最後の方に入ってきていた女の子たちは座れていなかったから、それは仕方ない。

ママたちが全員出て行くと、座れ、と里中さんが立っていた子たちに命令した。

おい、といきなりマイクを渡されて焦った。あたし？　何で？　そーゆーの、苦手なんですけど。

「ワンフレーズずつ歌え」

リモコンに触れた。流れ出したイントロは、あたしもよく知ってるＡＫＢの『ヘビーローテーション』だった。

ワンフレーズ歌えって、どこからどこまでなの？　聞きたかったけど、そういう雰囲気じゃない。

よくわからないまま、頭の歌詞だけ歌って隣の子にマイクを回した。たぶん中学生だろう。立ち上がって、踊りながら歌い始めた。何か場慣れしてる。中坊ってそうだよね。あたしたちオバサンにはわからない世界だ。

あたしもそこそこ歌えるつもりだったけど、他の子たちもみんなちゃんとしてた。中にはメチャクチャ上手な子もいた。モノマネみたいに歌う子もいたし、恥ずかしがって照れ笑いする子とかも。

声が裏返ったり、音程が外れたりもしたけど、そりゃしょうがない。いきなりなんだもん。だけど、全体としてはみんな上手かった。丸っきりの音痴なんていない。そりゃそうだって、平成生まれだし。

十五人の女の子が歌い終わった。全員合格、と里中さんが言って、みんな驚いた。

＊

全員合格、とサトケンさんが言った。ぼくはびっくりした。

いや、正直、そんなに下手《へた》な子はいなかった。クラスの友達とカラオケで歌うには十分だ。むしろ、上手いと言ってもいいかもしれない。

だけど、声の質、音域なんかはバラバラだ。年齢が違うのだから、それも当然だろう。十五人の女の子がいたが、これでグループを組めと言われても困る。

無理ですってと袖を引いたけど、全員合格、ともう一度サトケンさんがうなずいた。こりゃ駄目だ。

「あのですね、じゃあ歌はいいとしましょう」ぼくは囁いた。「でもダンスはどうなんです？　平成のアイドルなら、少しは踊れなきゃマズイでしょ。そもそも、本気でアイドルを目指してるんですかね？」

おい、とサトケンさんが隣に座っていた女の子の肩を叩いた。一番最初に歌ったスリムな女の子だ。

「立って、名前と歳を言え」

おめえはメモしろ、とペンと紙を渡された。人使い荒くない？　どうなの、それ？

「あの……ひ、広瀬、詩織……十七歳です」

おどおどという言葉を絵に描いたような風情の女の子が、まばたきを繰り返した。細くて色白、髪の毛が少し茶色いのは染めているのか天然なのか。

白いブラウスにオリーブグリーンのスカート、そして上からニットのサマーカーディガンをはおっていた。うーん、カワイイと言えばカワイイか？

「どうして応募した？」

サトケンさんが質問した。やたら高圧的だ。それじゃ彼女もびびるでしょうに。

「それは、その……母に勧められて……」

顔が真っ赤になった。次、とサトケンさんが隣の子にマイクを渡し、順番に自己紹介と応募の動機を聞いていった。高校生が六人、中学生が九人いた。

応募の理由はそれぞれ違う。アイドルになりたくて、歌が好きだから、ダンスが好きだから、何となく興味があって、やることがなかった、ヒマだった、家が近いから、面白そうだから。

最後に立ったのはソファの中央に座っていた大柄な少女だった。背も高いが態度もでかい。

「杉浦聖子《すぎうらせいこ》、西楓《にしかえで》高校三年」ちょっと低くて、迫力のある声だった。「陸上部でハードルやってます。体力には自信あり。三月まで仙台の劇団に所属して、ミュージカルの舞台に立ってました。歌もダンスも経験あります」

スゲエ、と女の子たちが囁きを交わす。そうか、とサトケンさんがうなずいた。

「あたしがこのグループのセンターに立ちます」

言い切った聖子がマイクを置いた。頑張ってくれ、と入れ替わりに立ったサトケンさんが、ステージを背に口を開いた。

「もう一度言う。やりたいっていう奴は全員合格だ。やりたくないなら帰ってよし」ぐるりと回りを見た。「気仙沼の元気を世界にアピールするアイドルグループを目指す。おれがプロデューサーの里中、こっちの春日がクリエイティブ全般を担当する。入会金や会費はいらん。練習は週一回、月曜の六時から九時まで。場所はこの近くの南町仮設商店街にあるドレミビル一階だ。わかるか？　昔、薬局があったところだ」

何人かがうなずいた。近所に住んでいる子なのだろう。

「時間は絶対厳守。おれと春日の命令にはすべて従ってもらう。それが嫌なら即辞めろ。ルールはそれだけだ」

「練習って、どんなことするんですか？」

聖子が手を挙げた。決まってるだろ、とサトケンさんが肩をすくめた。

「歌とダンスだ。他に何がある？　ＭＣはまだ早い」

「歌っていうのは、ＡＫＢとかモー娘とか、そういうアイドルのカバーってことですか」

「カバーはやらん。全部オリジナルだ」

「オリジナル？　曲があるんですか？」

こいつが作った、とぼくの肩をサトケンさんが叩いた。

「すげえいいぞ。来週の月曜から始める。それまでに覚えてこい。誰がどのパートを歌うか、リードボーカルは誰だとか、そういうことはその時決める」

「ダンスも春日さんが教える？」

「こいつが踊れるように見えるか？　ダンスはみんなで作れ。だから歌を覚えるのと同時に、振り付けも考えとけ。話し合って決めよう」

聖子がゆっくり手を降ろした。全員が、はあ？　という顔になる。ぼくもだ。

意味わかんないです。みんなでダンスを作る？　この子たちが自分で？

「十一月十三日の日曜、気仙沼でチャリティコンサートがあるのは知ってるか」

サトケンさんが聞いた。ほとんどの子は知らなかったけど、中学三年生の土屋《つちや》若菜《わかな》という子が大きくうなずいた。

「港前広場でやるロックコンサートのこと？」若菜が丸い頰に手を当てた。「知ってる。ラフィン・コーズとかブルービーンズとか出るあれでしょ？　うち、行こうと思ってたんだ」

気仙沼に限った話ではなく、夏ぐらいから東北の各地でプロのアーティストによるチャリティコンサートが何回も開かれていた。ぼくも一、二度行ったことがある。

「主催してるのは市で、責任者の広報課長はおれの高校の同級生だ」サトケンさんが怪しい笑みを浮かべた。「頼んで、十分間もらった。そこでＫＪＨはデビューする。初ステージ、初ライブだ。頑張ってくれ」

ＫＪＨって、と誰かが言った。気持ちいいぐらいにサトケンさんが無視した。

「ちょっと待ってください」我慢できなくなって、ぼくは立ち上がった。「十一月十三日？　ひと月ちょっとじゃないですか。練習は週一回？　それでステージに立て？　今日初めて集まった子たちが？」

女の子たちが、そうだよねとうなずく。不安とか、そういうことじゃない。はっきりと怯《おび》えていた。

「曲だってまだ聞いてない。ダンスもできてない。それで、どうやってパフォーマンスしろと？」

「曲は今から聞くんじゃねえか」落ち着けよ、とサトケンさんが両手を振った。「そんな言い方したら、こいつらがびびっちまうだろうが」

「そういう問題じゃないでしょう！　いくら何でも急過ぎますよ。できるわけない」

うんうん、と女の子たちがまたうなずく。無理だよねえ、そんなの。プロと一緒のステージに立つ？　あり得なくない？

「あたし、その日バレー部の試合なんですけど」一人の女の子がスマホでスケジュールを確認しながら言った。「その日じゃないとダメですかあ？」

「そりゃ駄目だ」サトケンさんが頭をがりがり掻いた。「ロックコンサートは十三日って決まってる。どっちか選べ」

でもお、とか、いきなり過ぎるよねとか、そういうつもりで来たんじゃないしとか、女の子たちの囁きが続いた。ゴチャゴチャ言うな、とサトケンさんが壁を平手で叩いた。

「文句があるなら言え。納得できないんなら帰れ。無理にやってくれって頼んでるわけじゃねえんだ」

鋭い目で左右を睨みつける。脅してどうするんだ。

「曲をかけろ」

サトケンさんが命じた。ぼくは持ってきていたＣＤを店のデッキに載せた。

「何てタイトルだっけ？」

「『ありがとうの言葉』って……とりあえず仮でつけてますけど」

ダサくない？　と女の子たちがつぶやいた。傷つくなあ。スタートのボタンを押すと、イントロのギターが流れ出した。

＊

駐車場に戻ると、ママが車の中で待ってた。どうだった？　と聞かれて、よくわかんないと答えた。

そうとしか言いようがない。お金はいらないって、と、とりあえず報告した。

ママが慎重に駐車場を出た。ハンドルを切って、大通りに向かう。道は空《す》いていた。

「何かね、どんどん勝手に話を進めて、こっちの意見とか聞かない感じだった。どうなんだろ？」

「里中さんって人は、自動車の保険会社で働いてる」ママがダッシュボードを指した。そこに名刺が載っていた。「四十五とか、それぐらいよ。裕輔《ゆうすけ》おじさんが保険をあそこに頼んでるのは知ってたから、待ってる間に電話してみた。ちょっと変わってるけど、悪い人じゃないって」

「服の趣味は悪いよ」

「それはしょうがないんじゃない？」

「十一月にロックコンサートがあるんだって」あたしは話を続けた。「そこのステージに出ろっていうの。歌って踊れって」

「ずいぶん……いきなりね」

「曲はさっき、初めて聞かされた。ノリはいいかな？　でも、アイドルって言われるとちょっと違うかも。もう一人の春日って人が作ったんだって」

「隆一くんでしょ？　漁協の春日さんの息子さんよね。プロのミュージシャンになるんだって、家出同然で飛び出して十年帰ってこなかったって聞いたことがある。あそこも大変よね、お父さんも亡くなったんでしょ？」

「そうなの？　それはともかく、やっぱり仮設商店街で練習するんだって。あそこじゃ、家からだと通えない。ママに送り迎えしてもらうしかないんだけど」

「ママはいいわよ。しいちゃんがやりたいんなら、それぐらい全然オッケー。どうする？　やってみる？」

「……わかんない」思ってたのと違う、とあたしは首を振った。「スタッフって、あの二人しかいないっぽい。そりゃ、最初から大勢の人がいて、凄いお金が動くとか、すぐデビューできるとか、そんな甘い話はないだろうって思うよ。だけど、全部が見切り発車っていうか……みんなもそう言ってた」

「みんなのことはいいの」ママがちらっとあたしを見た。「しいちゃんはどうなのかってこと。どうしたい？」

わかんない、と答えて車のデッキにCDを入れた。帰りがけ、春日さんって人が、さっきの『ありがとうの言葉』って曲を全員に配ってくれたのだ。

改めて聴いてみると、そんなに悪い曲じゃなかった。詞がちょっとダサいのは仕方ない。あの人だったら、こんなもんだろう。

だけどなあ、何か違うんだよなあ。だいたい、よく考えたら、あたしがアイドルになんてなれるわけないし。でしょ？

＊

週末までの間に、電話とメールで、やっぱりできないと断ってきた女の子が九人いた。

緊急の場合のためにぼくも自分の携帯番号を教えていたし、いつの間にか彼女たちのフォローはぼくの担当ということになっていたので、女の子たちは連絡を全部ぼくにしてきていた。

それぞれ理由があった。そもそもアイドル志望じゃなかったという子。スクールだと思っていたという子。やってみたいけど、ステージに立つのは無理。あのメンバーでアイドルはあり得ないでしょ、とリアルに言ってくる子もいた。ごもっともです。

「どうするんです？」

どうしてぼくがと思いながら、金曜の午後保険会社に行ってサトケンさんに話をした。これはぼくの性格のなせる業《わざ》で、こう見えて意外と責任感が強いのだ。

「仕方ねえだろ」接客カウンターでサトケンさんが耳をほじりながら答えた。「月曜、一人も来なきゃそれまでの話だ」

「それまでの話だ、じゃないでしょう。ロックコンサートにあの子たちを出すために、主催者の同級生に頼んだわけですよね。どうやって頼んだとか、十分間をもらうために何をしたかは言わなくていいです。聞きたくない」

「永井は昔、女子校に忍び込んでロッカーからジャージをパクったことがあったんだ。ま、おれがやらせたんだけどな」

「だから言わなくていいですって。その永井さんって友達だって、いきなりキャンセル食らったら立場ないじゃないですか。ぼくだってそうです。三日かけて曲を作ったんですよ」

「悪かったな。ありがとう」ぽんぽん、とぼくの肩を叩いた。「これでいいか？」

人の気持ちを逆なでさせたら日本一かもしれない。そういうことを言ってるんじゃなくて、と頭を振った。

「全部が急過ぎるって言ってるんです。どう考えても、何もかもがいきあたりばったりで、計画性がなさ過ぎます。ひと月ちょっとで素人をステージに立たせる？　小学校の学芸会だって、もうちょっと準備期間を取りますよ」

「何が言いたいんだ？」

「ローカルアイドルって思いつきは悪くないです。他県でも、そういうのが盛んになってるみたいだし、町おこしの一環と考えれば、ありなのかもしれない。大震災があって、みんなの元気がなくなったのは本当ですからね。気仙沼や被災地にエールを送るっていうのは、むしろいいことです」

「だろ？」

「でも、もうちょっと考えてから始めてもいいんじゃないですか？」ぼくは身を乗り出して訴えた。「知り合いでも何でもいいから、手伝ってくれるスタッフを探しましょう。いくら田舎町でも、歌やダンスを教えてくれる人ぐらいいますって。スタイリストやヘアメイクだってそうです。走りだしてからじゃなくて、走る前にちゃんと考えましょうよ。こんなの、うまくいくはずないじゃないですか」

サトケンさんがじっとぼくを見つめた。目の奥が笑っていた。

「うまくいくかどうかなんてわからねえよ。だから面白いんじゃねえか」

「面白いとかそういうことじゃなくて——」

「今、おれのハートが燃え上がってる。大炎上だ。今なんだよ。うずうずしてる。走りてえんだ。考えてる暇なんかない」

ぼくはカウンターを叩いた。大きな音がして、社員の人達が振り返ったけど、それどころじゃない。

「音楽業界のこと、何も知らないでしょ？　だいたい、気仙沼発のアイドルグループなんて無理なんだ。六万七千人の町なんです。世界に元気を発信する？　大ぼらもいいかげんにしてください」

「やってみなけりゃわからねえだろうが」

「わかりますよ。お願いですから、準備をちゃんとしてから始めましょう。手伝ってもいいです。ああやって何人も女の子が集まってきてる。みんな、いろいろ考えてるんでしょう。気持ちはわかりますよ。放っておけません。でも、始めるぞって言って、いきなりハシゴを外したら、あの子たちがかわいそうじゃないですか」

「優しいな、おめえは」サトケンさんがぼくの肩に手を置いた。「いいとこあるじゃねえか」

「だいたい、何でアイドルなんですか？」手を振り払って立ち上がった。「町のために何かしたいっていうのはわかります。みんな同じですよ。ぼくだってそうだ。でも、アイドルなんて……いい大人がやることじゃないでしょ？」

「町のため？　知らねえよ、そんなこと」サトケンさんが横を向いた。「おれがやりたいからやってるんだ。おれの若い頃、おニャン子クラブってのがあった。凄かったんだぞ。やってみたかったんだ。おめえはやりたくないのか？」

ぼくは椅子を蹴って外に出た。何を言ってるんだ？　あんたのノスタルジーにつきあってる暇なんてない。店先に駐めていたスクーターに飛び乗って、走りだした。

＊

日曜、家の車で気仙沼駅まで花野《はなの》由花《ゆか》を迎えに行った。由花は、つまり、要するに、ぼくの彼女だ。歳は同じ。もう四年つきあってる。

「とんでもないことに巻き込まれてる」ハロー、と車に乗り込んできた由花に訴えた。「何とかしてくれ。どうしてこんなことになった？」

「サトケンさんって人のこと？」

ロングの黒髪、ちょっとぽっちゃりではあるけれど整った横顔。目がへの字で、いつも笑っているように見える。

サトケンさんのことはメールで伝えていた。そうなんだよ、とうなずいて車をスタートさせた。まずは昼飯だ。

「メチャクチャなんだ、あの人。ぼくにはぼくの人生がある。写真の仕事だって始めなきゃならない。君とのこともある。ローカルアイドルなんかに係わりあってる時間はないんだ」

「ないよねえ」

「あの人だって仕事も家庭もあるのに、何を考えてるんだ。遊びのつもりなのか？　女の子たちに夢みたいな話を吹き込んで、駄目になったら悪かったなのひと言で済ませる？　そんなことは——」

「信号」

由花が前を指した。慌ててブレーキを踏む。小鳥みたいな顔で笑ってる脇腹を突《つ》いた。そんな場合じゃないんだって。

由花とは東京で知り合った。彼女が働いている葛飾《かつしか》区のコミュニティFM局に、ぼくたちのバンドのCDをかけてほしいと頼みに行った時、わっかりましたあ、と答えたのが彼女だった。それが四年前の春のことで、それからずっとつきあってる。

由花は今もそこでアナウンサー兼ディレクターとして働いていた。つまり、ぼくたちは遠距離恋愛なのだ。

　何年も交際していると、そりゃまあどうしてもいろいろある。気仙沼と東京は四百五十キロ離れていて、簡単には会えない。

　それでもどうにかつきあいを続けていた。そんなぼくたちがお互いのことを真剣に考えるようになったのは、大震災がきっかけだった。

　由花は三月十二日の夜中、水とコンビニで買い占めたたくさんの食料と、FM局から持ち出した単3電池をレンタカーに山ほど積んで東京から気仙沼にやってきた。半壊していた家の前で呆然《ぼうぜん》と立ち尽くしていたぼくの手を握って、夜明けまで一緒にいてくれた。

　あの大混乱の中を、よく気仙沼まで来たと思う。翌日の夕方、東京に帰るという由花を見送った時、ありがとうと言うと、フツー来るでしょうと答えて最高にきれいな笑顔を見せた。

　そうだね、とぼくも言った。もし東京で大地震が起きたとしたら、ぼくだって何があっても由花のもとへ向かっただろう。そういうことなのだ。

　お互いが大切で、必要な存在だとわかった。前からわかってたんだけど、二人の気持ちがはっきりしたってことだ。それから毎週末、由花は気仙沼に来るようになっていた。

「よく知らないけど、前に誰かから聞いたことある」由花はぼくの友達とも仲良くなっていたから、サトケンさんの噂ぐらいは聞いていたようだった。「ちょっと変人なんでしょ？

ワガママでメンドクサイって言ってたの、誰だったたっけなあ」

鼻の周りに皺を寄せながらつぶやいた。考え事をする時の癖だ。

「面倒臭いっていうか、何かもうガキみたいでさ」ぼくは鼻から息を吐いた。「少年の心を持ってるとかじゃない。ホントにガキそのものなんだ。いつまでも十四歳のつもりなのかな？」

「キライじゃないよ、そーゆー人。面白いじゃん」

「他人事《ひとごと》だからそんなことが言えるんだ」国道に入って、スピードを上げた。「こっちの身にもなってくれ」

「だけど、曲作りぐらい手伝ってあげてもいいんじゃない？　頼まれたら断っちゃダメだって」

車は快調に走り続けている。右に海、左に山。ザ・気仙沼の風景だ。

いつ来てもキレイだよね、と由花が窓を全開にした。

「断るとかじゃなくて、無理なんだよ」アクセルを踏み込みながら言った。「時間も金もない。何より精神的な余裕がない。曲作りっていうのはクリエイティブな作業だから……」

由花がばんばんぼくの肩を叩いて、ウケる、と笑った。すまん、ちょっとカッコつけた。

「それはともかく、マジでアイドル向けの曲なんて作れないよ。ぼくのやってきた音楽は知ってるだろ？」

「〝灼熱《しゃくねつ》のバーストシティ〟とか？　うん、確かにあれをアイドルが歌ってたらヤバいよね。♪この町のクソッタレをぶち殺せ」由花が歌いだしの歌詞を口ずさんだ。「それで？　明日が初めての練習日なんでしょ？　メンバーは集まるわけ？」

「わからない。もしかしたら、一人も来ないかもしれない。それならそれでいいってサトケンさんは言ってる。責任感がないんだよ、あの人」

「あたし、火曜の午前中までに帰ればいいから、見に行っていい？」

「別にいいけど……そんなことは置いといて、ぼくたちの話をしよう。どうするんだ、マジでこっちへ来るのか」

しばらく前からそういう話が出ていた。由花はこの七月で三十歳になった。お互いいい歳だし、どこかではっきりさせなければならないと二人ともわかっていた。つまり結婚だ。

それはそれでいい。ぼくは最初からそのつもりだったし、由花も同じなんだろう。

ただ、大震災からの復興は、予想より遥かに遅くなるようだった。愛だ恋だ結婚だ、そんなことはどうしても後回しになり、とにかく生活を元に戻すことが最優先になっていた。

その辺の事情を話すと、だったらしょうがないね、と由花は東京での仕事を整理して気仙沼へ嫁いでくると宣言していた。

「押しかけ女房は嫌？」

「そうじゃない。でも、ぼくはオフクロの面倒とかも見なきゃならないし、家のこともある。新しい仕事も始まるし、気仙沼からは離れられない。もちろん来てくれるっていうのは嬉《うれ》しい。いや、マジでマジで」

「照れんなよ」

由花がぼくの髪の毛をくしゃくしゃにした。そっちが照れてるんじゃないか。

「だけど、気仙沼だ」ぼくは右手でハンドルを握り、左手で由花の手を摑んだ。「東京と比べちゃいけないけど、ご存じの通り本当に何もない。しかも大震災で何もかもがボロボロだ。こんな町に本気で来る？」

「しょうがないじゃん。そっちが来れないんなら、こっちが来るしかないでしょうに」

「ミニFMの仕事、好きだっただろ？　友達だっているだろうし、親とかも……」

「そうだよ。でも、あたしがいないと生きていけないでしょ？」

窓から入った風で長い髪の毛がそよいだ。そうっす、とぼくはうなずいた。でしょ、と由花がにっこり笑った。

＊

月曜の夕方、ママの車で南町の仮設商店街、紫市場へ向かった。一時間半ほどで着いたそこには、バラックの建物が立ち並んでいた。

大津波でここにあった商店街はそっくりそのまま流された。いくつかの建物を除いて、きれいさっぱりなくなったって聞いてる。大勢の人が犠牲になった場所。

それでも、生き残った人達を中心に仮設商店街が作られた。町や市、県の支援もあったというけど、原動力になったのはここに店を持ち、暮らしていた人達だ。

飲み屋、スナックなんかが多いのは、工事関係者が集まるからだろう。二階建てのプレハブに十数軒の店が入っていた。

あたしもここへ来るのは久しぶりだ。誰の趣味なのか、スピーカーから昔のポップスが流れていた。ユーミンとか中島みゆきとか、そんな感じだ。哀愁漂う光景だった。

里中さんが言っていたドレミビルの薬局跡というのは、残っていた古いビルの一階で、店舗は水で駄目になってたし、店の人も亡くなっていた。

親戚がそこでまた店を始めるという話もあったらしいけど、結局商店街の人達の要請で、誰でも使えるフリースペースになったのだという。

ママさんボランティアの集まりとか、小学生の読み聞かせ教室とか、振り込め詐欺の対策講習会とか、どんなことでも申し込めば使えるらしい。里中さんはそこを週一回、三時間借りることにしたようだった。

六時五分前、女の子たちとその親が集まっていた。あたしを入れて六人。この前、十五人いなかった？　他の九人はどこへ？

「メンバーはこれだけだ。六人でやる」

六時ちょうどに現れた里中さんが言った。後ろに困ったような顔の春日さんと、ちょっと丸っこいロングヘアーの女の人が立っていた。

六人でやる？　あたしたちは顔を見合わせた。何で？　もう辞めたの？　始まってもいないのに？　わかんなくもないけど。

それぞれの親は外で見学するか、三時間後に戻ってくるか、どちらでも結構ですと里中さんが言った。うちのママは、車で待ってるから、と手を振って出ていった。

フローリングのレッスン場に入ると、全員整列と里中さんが号令をかけた。五、六坪の空間にCDデッキが置いてあるだけで、他には何もない。着替える場所もない。

みんなもそれは予想していたのか、それぞれジャージを下に着ていたからよかったけど、そうじゃなかったらいったいどうなっていたのだろう。

トイレは奥だ、と里中さんが指さした。はあ、そうですか。でも、後は何もないんですね。

譲り合うようにして並んだ。先頭にいるのは聖子だった。一人だけ張り切っている。凄いやる気のオーラがびんびんに出ていた。

何なの、アンタ？　怖いよ、どういうつもり？　マジでアイドルになれると思ってんの？　無理だってば。

「曲は覚えてきたか？」

里中さんが壁に背中をくっつけたまま言った。はあ、とあたしたちは何となく答えた。

聖子だけは、はい！　と元気よく手をまっすぐ挙げている。歌え、と里中さんが命じた。

そんなこと言われても、と顔を見合わせて中途半端な笑みを浮かべた。どうする？　どうすんの？　誰が歌うの？

あたしと聖子が高校生なのはわかっていた。正確に言うとあたしは高校に行ってないけど、学年で言えば高三だ。

高校生はもう一人いて、唯《ゆい》って子。でも高一。あとの三人は中三のひろみ、若菜、それから中二の多佳子《たかこ》。

「せ、聖子さんが……」

「お願いしまーす！」

お願いお願いと、みんなが聖子を中心に固まった。年齢とか経験とか、何より雰囲気でそうならざるを得ない。

任せて、と聖子が歌い出した。それに合わせてあたしたちも小さな声で歌った。

自己紹介の時からそうだったけど、聖子はリーダーシップが取れる子で、自分でも言ってた通り、歌はかなり上手い。女の子としては低い声だけど、張りもあるし音程もしっかりしてる。

『ありがとうの言葉』というその曲を歌い終えると、もう一度、と里中さんが指を立てた。今度は最初から全員で歌った。

何だかよくわからない。教会の聖歌隊？　どうする、みんなで肩でも組む？

同じ曲を一時間繰り返し歌った。里中さんは何も教えてくれない。こうしろでもああしろでもない。口をぎゅっと結んで、ただ黙って聴いているだけだ。

春日さんはおどおどしながら見つめていた。自分が作った曲をあたしたちが歌ってるのが不思議なようだ。

もういいんじゃないですかと何度か言ってたけど、里中さんは首を振るだけだった。

「ダンスは作ってきたか？」

喉が嗄《か》れて、声がかすれたところで里中さんが言った。はあ、とあたしたちは視線を逸らした。はい！　とまた聖子だけがまっすぐ手を挙げている。

「他は？」

里中さんがあたしたちを見回した。へへへ。ビミョーな笑いをみんなが浮かべている。作ってないのだ。ヤバい？

でも里中さんは何も言わなかった。怒られるのかなって思ったけど、そんなこともない。すかされた感じがして、あたしは首を捻った。そんな感じ？　それでいいの？　里中さんって、やる気あんのかな。

結局、聖子が前に出てダンスを披露した。あたしより十センチ以上背が高いから、踊ると迫力もあったし見た感じもよかった。場慣れしてるのは確かで、堂々としている。

「でも、ちょっと古くない？」若菜があたしの耳元で囁いた。タメ口ですか。「今どきボックスってどうなんだろ……昭和のアイドル？」

黙って、とあたしは言った。とにかく聖子だけがダンスを作ってきた。センスのことは言っちゃダメ。少なくとも、何にもしてこなかったあたしたちに文句を言う権利はない。

他に見本も手本もなく、仕方ないからみんなで聖子の振り付けを習い、歌いながら踊った。同じ曲を何度も練習していると、何だか新興宗教の集まりに参加しているようだった。一種のトランス状態だ。

汗だくになって踊っていたら、そこまで、と里中さんが手を叩いた。時計を見ると九時になっていた。何なの、これ？

「全員、座れ」真ん中に立った里中さんが、メモ帳をポケットから取り出した。「予定を発表する。この前言った通り、十一月十三日に気仙沼港の特設会場で行われるロックコンサートに出演する。正式に時間が決まった。午後四時からの十分間だ。今の『ありがとうの言葉』を歌え。約ひと月ある。完璧に歌って踊れるようにしておけ」

あのお、と唯がおずおずと手を挙げた。

「練習って、これだけなんですかあ？　誰も教えてくんないの？」

「そうだ」

「曲だけで、後はこっちで考えろってこと？　そうなの？」

勘違いしてもらっちゃ困る、と里中さんがメモ帳をしまった。

「おれは芸能事務所の社長じゃない。気仙沼の保険会社に勤めるサラリーマンだ。レコード会社に知り合いもいない。金もない。何があるわけでもない。ここに秋元康《あきもとやすし》はいない。全部手作りなんだ」

「わかるけど、でも――」

「ゼロから始めてアイドルグループを作る」演説口調になった里中さんが手を振り上げた。「気仙沼だぞ。東京でも大阪でもない、田舎なんだ。設備も機材もない。それでもやるんだ。

そんなんじゃできないって言うんなら、今すぐ辞めろ。おれも辞める。それだけのことだ」

あたしたちは顔を見合わせた。そりゃそうなんだろうけど、そんなにはっきり現実を突き付けなくてもいいんじゃないかなあ。

「レッスン場は用意した。曲も作った。後は自分たちで考えろ」里中さんが乱暴に言った。

「秋元やつんくのやってることは、ここじゃ通用しない。そんなことはできないんだ。バックがあるわけじゃない。それを忘れるな」

わかったか、と大声で言った里中さんが、今日は解散、とレッスン場を出ていった。マジかよ、と何人かがつぶやいた。

汗びっしょりだったけど、着替える場所もないからそのまま表に出た。戻ってきていたママが薄いカーディガンを寄越して、どうだった？　と聞いた。

駐車場に向かいながら、わかんねっすと答えた。他に答えようがない。

「おにぎり買っといたから」

食べなさい、とママが言った。あたしは車のドアを開けた。

＊

翌日の午後、唯から連絡があった。辞めたいんですけど、とそれだけ言った。

「それはぼくじゃなくて、サトケンさんに言ってくれよ」

ぼくがそう答えると、ちょっとムリ、と返事があった。だって里中さん、おっかないんだもん、と言う。気持ちはわかる。そうだよな。

「どうして辞めたいのか、理由を教えてくれないかな。何にもなしでただ辞めたいじゃ、ぼくだってあの人に何て言っていいのかわからない」

「だってさ、何したいかわかんないじゃん？」勢いよく唯が話し出した。「あんなことして、何がどうなるわけ？　何もできないと思うんですけどお」

おっしゃる通りです。

「とにかくさ、教える人が誰もいないってどういうことよって話で」醒《さ》めた口調で唯が言った。「意味わかんない。アイドルグループを作るって言われたって、こっちも困るんですけど」

「君はアイドルになりたかったの？」

「うーん、そこはそんなマジで考えてないんだけど」へへ、と唯が笑った。「とりあえずスクール感覚？　歌もダンスも好きだし、やってみたいっていうのはあったよ。だけど、何も教えてくんないわけでしょ？」

「そういうことかもしれない」

「自分でも言ってたけど、東京とかにコネがあるわけでもないわけだし、それじゃいつデビューするのって話で。スクールでもないし、アイドルにもなれないんだったら、意味なくない？」

いやもう、ホントにその通りです。何てロジカルなんだ、君は。

引き留めたりはしなかった。そんな資格はないし、立場でもない。無理にやらせることでもないだろう。

サトケンさんにはぼくから伝えておくと言って電話を切った。その後すぐ、多佳子からも同じく辞めたいと連絡があった。へいへい、了解しました。

夕方まで待ったけど、とりあえず辞めたいと言ってきたのはその二人だけだった。サトケンさんに報告すると、いいんじゃねえの、とスマホから意外と明るい声がした。

「やる気のない奴はいらねえ」

「そんなこと言ったって」ぼくはため息をついた。「これじゃ、みんな辞めちゃいますよ？聖子ちゃんだけは残るかもしれないですけどね。あの子は熱心ですから……でも、逆にかわいそうじゃないですか。一人だけ残ったって、アイドルにはなれません。だいたい、気仙沼でそんなことすること自体無理があるんです」

「どうにかなるさ。そうだ、また問い合わせがあったぞ。メンバーになりたいって申し込みだ」

「そりゃ、そういう子もいるでしょうけど」

「小学四年生だとさ」

はあ？　とスマホを持ち替えた。

「そりゃちょっと、ホントにマズいんじゃないですか？　本人がやりたいって言ったたって、親がどう考えてるか……」

「父親が勧めたんだとよ」サトケンさんが笑い声を上げた。「しかもハーフだ。母親はフィリピン人。きっとダンスの素質があるぞ」

「訳のわからないことを言わないでください。小学生で素質も何もないじゃないですか。十歳ってことですよね。親は許可してるかもしれないですけど、学校だって何か言ってくるかもしんないですよ。小さ過ぎます。事故とかあった時、責任問題になるかもしれないし」

「そうは言うけどよ、モー娘だって何だって、研修生は小学生からいるぞ」

「どこで仕入れてきたんですか、そんな豆知識。それはですね、たぶんスクールなんですよ。歌やダンスを習うってことです。それならどこからも文句は出ません」

いちいちうるせえな、とサトケンさんがつぶやいた。普通、それぐらい考えないか？

「聖子ちゃんや詩織ちゃんは高三です。小四と高三を同じグループに入れて、一緒のステージに立たせる？　体の大きさだって違うでしょう。全体の統一感とか、どうでもいいんですか？　誰が面倒を見るんです」

「由花ちゃんがやりゃあいい」

「由花？」

「おめえ、早く結婚しろって」いきなりサトケンさんが説教モードになった。「ありゃあ、いい女だ。あんな女がおめえとつきあってくれてるのは、奇跡かボランティアのどっちかだ。チャンスを逃すな。しっかり捕まえとけ」

「言われなくてもわかってますよ」

「結婚して子供を作れ」命令口調だった。「子供がいないから、文句ばかり言うんだ。今どきの子はしっかりしてる。ちゃんと考えてるし、分別もある。賢いんだ。おめえの頃みたいに、鼻垂らして走り回ってるわけじゃねえ。うちの子なんかすごいぞ。小学生と中学生だけど、おれより頭がいい。しかも可愛《かわい》い。天才なんだ」

そりゃ、あなたよりは賢いでしょうよ。三歳児だってもうちょっとまともなことを考えられます、と言いたかったけど、面倒臭くなって止めた。

馬鹿らしい。言っても無駄だ。放っておこう。

サトケンさんは一人で子供自慢を続けていた。関西風に言うならば、ホンマのアホや。ぼくは静かに電話を切った。

＊

数日後の夜、ひろみからメールが入った。辞めようと思うんですけど、と書いてあった。里中さんにも春日さんにも、聖子さんにも相談できません。どうしたらいいですか？何であたしなのかと思ったけど、仕方ないのかもしれない。ひろみは中三で、オジサンに慣れていないのは丸わかりだった。

聖子に言えないというのもわかる。ゼッタイ怒られるもんね。

これも年上の義務ということなんだろう。電話すると、もしもし、と暗い返事があった。

「だいたいわかってるけど、何で辞めたいの？」

前置き抜きで言った。だって何もないじゃないですか、とますます声が暗くなった。

「あるのはレッスン場だけだし、しかも週に三時間しか使えないし。他には何にもなくて……マイクの一本もですよ？　詩織さん、どう思います？」

だよねえ、とうなずいた。いやもう、まったくその通り。異議無し。

「着替えもできないもんねえ」

「ジャージで帰るの、いやですう。友達とかに見られたら、何してんのって話で」

「だよねえ」

「練習着がジャージっていうのはいいですよ。そんなもんだろうと思ってたし、ゼイタク言う気もないし。でも、本番のステージはどうするつもりなんですか？　里中さんたち、何も考えてないですよね」

中三の割に鋭い指摘だ。否定できない。いったい、どうするつもりなんだろう。

今のままだと、メイクなんかも自分でやれってことになりそうだ。うちら、そんなにテクがあるわけじゃない。気仙沼女子ですもの。

「ホントに歌もダンスも教えてくんないんですか」ひろみの声が高くなった。「それでどうしろって？　スキルなんか上がるわけないし……」

ええ、その通り、ごもっともです。だけど、あたしに言っても意味なくない？　わかんないよ、あたしだって。

よく考えてみると、里中さん自体が怪しい。スーツ姿で来るけど、普通のサラリーマンとフンイキが違う。何かヘン。

オジサンっぽくないっていうと、いい感じに聞こえるかもしんないけど、要するにマトモじゃないってこと。マジで保険会社の人なの？

春日さんもどこか妙だ。カメラマンだって言ってたけど、ホントかなあ。もしかして、アダルトな何かを撮ってる人なんじゃないの？　どっか嘘くさいし、スタジャンにジーンズだし、そんな三十男なんていないでしょ。二人とも、どこか、何かがうまくいってない感じがする。社会人としてダメダメなんじゃない？

もしかして、うちらを使ってロリコンＤＶＤとか撮る気？　ヤバくない？

心配になってきて、かけ直すと言って電話を切り、リビングに行った。通販雑誌を眺めていたママに、どうなんだろうと聞くと、うーん、と唸《うな》った。

「この前も言ったけど、里中さんが保険会社で働いてるのは本当よ。長く働いてるんだから、それなりにちゃんとした人なんじゃないの？」

「じゃないのって、そんなテキトーなこと言って……じゃ、春日さんは？」

「隆一くんはね、東京で音楽やってて、結局物にならなくて、こっちに帰ってきたの。高校の時はギターばっか弾いてたって。でも、真面目になったって噂よ。更生したんじゃない？」

「したんじゃないとか、そういうの止めてくれません？　ママは二人のこと、よく知ってるの？」

「隆一くんの家は近所だったから、お母さんと話したことぐらいあるよ。里中さんは唐桑《からくわ》の人だからよく知らないけど、そんなに心配しなくたって大丈夫。少なくとも、変なビデオ撮ってやろうとか、そういうんじゃない。それぐらいママだってわかる」

確かに二人とも地元の人だから、おかしな趣味があったら伝わってきているだろう。広い町じゃない。最低限の情報は入ってくる。

「何なの、そんなこと考えてたわけ？」

「あたしはそうでもないけど、メンバーの子が心配してるの。辞めたいとも言ってる。あたしだって、そう思わないわけじゃないし」

「……かもしれないけど、とりあえずもう一回ぐらいは行ってみたら？　この前の練習の後も、別に何もないわけでしょ？　エッチなこと言ってくるとか、写真送ってこいとか……」

「それはないけど」

そんなことがあったら、ゼッタイ行かないって。あたしもそこまでバカじゃない。

「だったらいいんじゃない？　悪気があるようには見えないし、ママたちがレッスン場の中で見学してもいいって言ってた。何かセクハラしてきたら、すぐ110番しちゃう」

「正直、そういうことはないと思う。ただ、今のままじゃちょっと無理かなって。何にも設備がないし、ただ歌ってるだけだったら、ママさんコーラスと一緒じゃん？　それならあそこまで行く必要もないし」

そう言わずに、とママが微笑んだ。

「もう一回行ってから決めればいいんじゃない？　しいちゃんたちもそうだろうけど、あの二人もどうしていいのかわかんないのよ。十以上歳の離れた女の子と何を話せばいいのかとか、そんなことも含めてね。今度はしいちゃんたちの方から、聞きたいことがあったら聞けばいい。それで駄目だって思ったら、その時辞めても遅くないでしょ。一回練習行っただけで諦めちゃうのは、それこそ違うと思うんだけどな、ママは」

それもそうだね、とうなずいた。第一印象だけで全部決めちゃうのは、やっぱり早過ぎるだろう。さすがは年の功、ママもたまにはいいこと言う。

あたしについて言えば、全然焦ってなかった。どうせ週一回だし、ヒマだし、時間はむしろ持て余している。

もう一回行って、それから決めればいいじゃないの、というママの意見は大変ごもっともだった。

その場からひろみにメールした。今度の月曜だけ行ってみない？　よくわかんないのはお互いさまだよ。次はぶっちゃけ合って、それでもダメなら辞めるのもありだよね。

しばらくして、はいいー、という返事が送られてきた。いろいろ大変だよ、あたしも。

＊

金曜日の午後六時、サトケンさんに呼び出されて、駅正面のニュー光陽《こうよう》ホテルに行った。ダサい名前だけど、気仙沼では最高級のホテルだ。

ティーラウンジに入ると、窓際の席にサトケンさんの姿が見えた。向かい側に上等な背広を着た男と若い女性、その間に小さな女の子が並んで座っている。

どうも、と頭を下げながら近づくと、遅えぞ、とサトケンさんが舌打ちした。

「今、お話ししていた春日です」座れ、と言いながらぼくを指さした。「リュー、こちら高《たか》山《やま》さんだ。隣にいるのがお嬢さんと奥様」

長身の男が軽く頭を下げた。四十過ぎ、外見はいかつい感じがしたけど、微笑みながらぼくを見る目がとても優しかった。

陰になっていてよく見えなかったが、小さな女の子を挟んで座っていたのは知的な雰囲気のとんでもなく美しい外国人だった。笑顔でぼくを見つめている。

「高山がお世話になっています」

きれいな標準語のアクセントで挨拶されて、恐縮してしまった。妻のパールです、と高山が紹介した。フィリピン人だという。高山より十歳ほど下だろうか。

高山がくれた名刺には、タカヤマ水産加工社長、高山一郎《いちろう》とあった。面識はなかったが、タカヤマ水産は気仙沼でも有名な水産品の加工会社だ。町で一番大きいかもしれない。

英会話教室で知り合ったフィリピン人女性と結婚した水産加工会社の社長の話は、どこかで聞いたことがあった。

気仙沼のような田舎町で国際結婚というのはハードルが高い。周囲から反対されたというが、押し切ったそうだ。気骨のある人なのだ、とぼくは目の前の男を見つめた。

「十一年前に再婚しまして、この子が生まれました」

高山が娘の頭を撫《な》でた。可愛くて仕方がない、という顔をしている。家族思いの父親なのだろう。

「高山メリージェーン真帆《まほ》。十歳」

ＭＪって呼んでね、と娘が言った。もちろんです、とぼくとサトケンさんは交互にうなずいた。

何と申しますか、十歳の少女とはとても思えない整ったビジュアルだった。目鼻立ちがはっきりしていて、小柄だが大人びた感じさえした。

ＭＪだろうがマドンナだろうがモンローだろうが、何でも言われた通りにいたしますと言わざるを得ない美少女だった。

「この前話した子だ。ＫＪＨに入りたいと言ってる」

サトケンさんが言った。入りたいというのはわかるんですけど、ちょっと難しくないだろうか。

「あの、お嬢さんは小学生ですよね」高山の方を向いてぼくは言った。ここはぼくが説明した方がよさそうだ。「正直言って、どんなもんなんだろうなあって思うんですよ」

「とおっしゃいますと？」

高山が怪訝《けげん》そうな表情を浮かべた。責任の問題です、とぼくは三人を順に見つめた。

「里中さんは中学生以上ということでメンバーを募集しています。それでさえも、どうだろうかと思ってるところがあるんです。というのも、ダンスって意外と危険なスポーツじゃないですか」

「わかります」

「怪我《けが》だってするかもしれない。その場合、ぼくたちには責任が取れません。せめて高校生だったら自己責任だと言えるんですけど、中学生、ましてや小学生だとちょっとそれは……」

「事故が起きても、あなたがたの責任を問うようなことはしません。何でしたら一筆書きましょうか」

高山の声は落ち着いていた。それだけじゃないんです、とぼくは声を潜めた。

「里中さんのことはご存じですか？　悪い人じゃありません、たぶん。でも、ちょっとその、常識に欠けるといいますか……」

いきなり首を絞められて、息が止まった。まあまあ、と高山が笑顔でぼくたちを分けた。

「鉄人サトケンさんの伝説は、ぼくも聞いています。なかなかユニークなエピソードをお持ちのようですね」

「ユニークで済めばいいんですけど、子供にとってはどうでしょう」首をさすりながらぼくは言った。本気で絞めなくてもいいんじゃないだろうか。「本人はアイドルグループを作ると言っています。でも、気仙沼では無理があると思いませんか？　アイドルになりたいとか、そういう夢を子供たちが持つのが悪いとは言いませんけど、夢を安売りするのはどうかと思いますね。なれなかったらどうします？　後になって失望するようなことがあったら、それこそ責任問題です」

「誰でもアイドルになれるなんて言ってねえぞ」サトケンさんがぼくの肩を小突いた。「それは本人の資質の問題だし、努力だって必要だろう。いいじゃねえか、やりたいって言うんならやらせてやれよ」

「そんな話、してないじゃないですか。子供たちの将来について、ちゃんと考えましょうって言ってるんです。そもそも、気仙沼でアイドルになるなんて無理だと思わないんですか？」

わかんねえじゃねえか、とサトケンさんが口の中でぶつぶつ言った。本人の中でも難しいというのはわかっているのだろう。

しばらく沈黙が続いた。アイドルはどうでもいいんです、と高山がはっきりした口調で言った。

「僕たちの結婚について、つまらないことを言う連中がいるのはわかってます。でも、そんなことはどうでもいい。僕は妻を愛しています」

パールさんが恥ずかしそうな顔になったけど、ぼくはちょっと感動していた。ここまで真《しん》摯《し》な人はそうそういない。

タカヤマ水産の社長夫妻が働き者で、懸命に努力して会社を大きくしたという話を聞いたことがあったけど、本当にそうなのだろう。

「この子はハーフです」高山がメリージェーンの手を握った。「僕にとってはどうでもいいことで、僕とパールの娘ですから、それだけで十分なんです。でも、気仙沼だとなかなか受け入れられないという現実もあります」

「ハーフだから入れないなんて、そんな馬鹿なことは言ってません」ぼくは大きく首を振った。「サトケンさんもぼくも、そこまで頭が悪いわけじゃないんです」

「すいません、言葉が足りませんでした」高山が優しい笑みを浮かべた。「小学校ではいろいろ厳しいことがあったんです。でも、この子を受け入れてくれる場所がありました。それがダンスです」

「ダンス？」

「この子は小さい頃からダンスが好きで、歌ったり踊ったり」そっと頭を撫でた。「親ばかなことを言いますが、素質もあるように思います。妻の血を引いたということなのかもしれません。彼女は大学でダンスサークルにいたんです。それもあって、真帆を小学校に上がる前からスクールに通わせました。誰よりも上手かったですし、他の生徒たちの憧れでした。スクールで踊るこの子は生き生きしていました」

「なるほど」

「ですが、ご存じかどうか、大震災でスクールが流されてしまいまして……この子が一番自分らしくいられる場所がなくなってしまったんです」

そうですか、とぼくはうなずいた。教室の建物が流されたり、教える先生が亡くなってしまって、気仙沼からダンススクールがなくなったという話は聞いていた。

「踊れる場所を与えてやりたいと思っていました。ずっと探していたんです。あなたがたのところなら、思いきり踊れるんじゃないかと思いまして……入れていただけないでしょうか」

高山とパールさんが揃って頭を深く下げた。気仙沼のような田舎町でハーフの女の子が暮らしていくのは、それなりに大変だろう。痛いほど気持ちは伝わってきた。

ぼくは自分を恥じた。責任がどうのこうのなんて、下らないことを言ってる場合じゃない。何とかしよう。

「わかりました。ぼくたちがお嬢さんを預かり――」

サトケンさんがぼくの口を塞《ふさ》いで、どうだろうな、と首を振った。

「春日の言う通りです。小学生をお預かりするのはこっちにとってもリスキーだ。今回は申し訳ないが、お引き取り願った方がいいでしょう」

サトケンさん、とぼくは腕を引っ張った。

「さっきと言ってることが違ってますよ。入れるって言ってたじゃないですか」

「いや、おれが間違っていた。君の言う通りだよ、春日くん」

「春日くん？」

「君の意見は正しい。リアルに考えたら、わたしたちには無理だ」

失礼しよう、と立ち上がった。ちょっと待ってくださいと背広の袖を摑んだまま、ぼくは

MJの方を向いた。

「どうなのかな、ダンスしたいのかい？」

うん！　とMJが目を輝かせた。全身から踊りたいというエネルギーがわき出ている。

ぼくが責任を持ちますからと言って、サトケンさんを強引に座らせた。

「この子は踊りたいんです。やらせてあげましょう」

お願いします、と高山親子が揃って何度も頭を下げた。ぼくもだ。おかしいな、どうして

こんな流れになってるんだ？

「わたしだって踊らせてやりたい」サトケンさんが苦渋の表情を浮かべた。「だけど春日くん、この子は素質がある。そんな子に、わたしたちと一緒にやっていこうなんて言えるか？

レッスン場には音響設備も何もない。あんなところで踊ったって、プラスになるだろうか？

わたしにはそう思えないんだ」

さっきから気になってるんですけど、わたしって誰のことですか？

「中高生ならともかく、子供にとって最初の環境は大事だよ」うんうん、とうなずきながら

ぼくの肩をそっと叩いた。「気持ちはわかる。痛いほどわかる。だが、わたしたち大人は、

もっといい環境を整えることに力を尽くすべきなんじゃないだろうか」

「そんなことないでしょう。本人にやる気があれば、どこでだって……」

「甘っちょろいことを言うな！」サトケンさんが平手でぼくの顔を張った。「MJみたいな才能のある子を、おれたちみたいな半端者が預かろうなんて、そんなのは了見違いってもんだ。わからねえのか、この野郎！」

お客様、と黒服のウエイターが駆け寄ってきた。うるせえ！　とサトケンさんがぼくに摑みかかった。何なんだ、いきなり。どうしてこんなことになる？

「待ってください」高山が間に割って入った。「では、音響設備があればこの子を預かってくれるということですか？」

「そういうことじゃないんです」ぼくはサトケンさんの体を押しやりながら言った。「設備や機材が揃ってるとか揃ってないとかじゃなくて、踊りたいというその気持ちが大事で……」

「おめえは黙ってろ、バカ！」サトケンさんがぼくの頭をはたいた。「高山さん、何が言いたいんだ？」

「良ければ、寄付させていただければと……」高山がパールさんの手を包み込むように握った。「妻は英会話教室の講師でした。教室は大震災以降、閉鎖されています。そこに授業用のオーディオ機器があるんです。あれを借りてきて、レッスン場に置くというのはどうでしょう」

英会話教室のオーナーと親しいので、借りるのは問題ないという。座り直したサトケンさんが、それは考慮の余地のある話ですな、と大きくうなずいた。

ちょっと待て。あんた、何を考えてる？

そこからサトケンさんは異様にビジネスライクに話を進め、明日オーディオ機器をレッスン場に届けてもらえれば、ぜひＭＪお嬢様にメンバーとしてご参加願いたいですな、と越後屋と悪代官を合わせたよりもっと悪玉の笑みを浮かべた。

了解した高山がすぐ手配しますと言って、パールさんとＭＪを連れて店から出て行った。

「サトケンさん、あなたがしたのはタカリです」ぼくは顔を寄せてテーブルを叩いた。「あの親子の気持ちを利用してるだけだ。そんなひどい話がありますか？」

落ち着けよ、とサトケンさんが残っていたブルマンのコーヒーを飲み干した。

「英会話教室に口を利いてもらうだけだ。あいつのことは知ってるだろ？　タカヤマ水産を気仙沼一の水産加工会社にした男だぞ。これぐらいの話なら、すぐまとめてくれるさ」

「そういう問題じゃないでしょ？」

「いいじゃねえか、使ってないオーディオセットなんだろ？　だったらおれたちが有効利用させてもらおうじゃねえか」

「だから、それがタカリだって言ってるんです！」

「人聞きの悪いことを言うなよ。いいじゃねえか、娘を預かるって言ってるんだ。世の中、ギブアンドテイクだよ。おめえだってそう思うだろ?」

何でもありなのか? それって、何か違ってません? MJの気持ちは? これでいいの?

「何か食おうぜ。高山のツケが利くんじゃねえかな」

サトケンさんが黒服を呼んだ。この人は本物のクズだ、とぼくは頭を抱えた。

＊

昨日の日曜、リューさんからメールがあった。音響機材が揃ったって書いてある。どうやって手に入れたのかわかんないけど、それはそれでありがたいよね。

そして今日、レッスン場に行くと、メールにあったようにオーディオ機材一式が設置されていた。嘘じゃなかったんだ。

でもいいのかな、ここってフリースペースなんだよね? 他の人の邪魔になんないの?

前回来ていたひろみにも同じメールが送られていたはずだけど、今日は来ていなかった。ゴメンなさいい、というメールがあたしのところに届いていたけど、それはそれで正しいのかも。機材があったって、他は何も変わってないもんね。

集まったのは聖子と若菜、そしてサトケンさんが連れてきていたメリージェーンという小さな女の子だけだった。小学四年生だよと明るく笑いながら、MJって呼んでねと言った。このオジサンたち、十歳の子に何をしろっていうつもりなんだろう。

「どうしろっていうんですかねえ」若菜が囁いた。「小学生？　うち、中学生だし、詩織さんたちは高校生じゃないですか。体のサイズだって違うし、四人で何すりゃいいのよって話で」

あたしにそんなこと言われても困る。でも、それは聖子も同じだったみたいで、練習を始めろと言ったサトケンさんに手を挙げて質問した。

「あの、どうするんですか？　この四人で本当にステージに立てと？」

「そうだ」

当たり前のことを聞くな、とサトケンさんが耳をほじった。だけど、と若菜も立ち上がった。

「曲は覚えたけど、ダンスはゼンゼンできてない。誰も教えてくんないし」

「他人に頼るな。自分で考えろ」

「そーゆー問題じゃなくない？」半ギレした若菜がフローリングを蹴った。「ダンスのリーダーは必要でしょって。やっぱ、教えてくれる人がいなかったらできないってば。聖子さんだって、そこまでは無理でしょ？」

　聖子は答えなかった。そこまでのスキルはないと自分でもわかっているんだろう。

「衣装だってないじゃん。ステージにジャージで立てって？」

「衣装は手配済みだ」サトケンさんがそこだけ胸を張った。「インターネットで通販をやってるコスプレショップを見つけて申し込んだ。週末には届くことになってる。ホステスがショーで使う衣装だ。本格的だぞ」

「コスプレ？」

「ホステス？」

「サイズは合わせろ」耳を塞ぎながらサトケンさんが言った。「そこはしょうがねえだろう。服をおめえたちに合わせるより、おめえたちが服に合わせる方が現実的だ」

　いや、それ全然現実的じゃないし。身長だって体形だってみんな違うし、それをどうやって合わせろって？

「痩せろよ。もしくはデブれ」

　あたしたちはもう何も言わなかった。じゃあ身長を伸ばせってことですか。あるいは縮めろ？　タカスクリニックだって、そんな手術やってませんってば。

「靴だけは自分で買ってくれ。そこまでは手が回らん」サトケンさんが手を合わせてあたしたちを拝んだ。「全員揃いのシューズにするんだぞ、わかってるな？　メイクだって交渉中だ。いろいろ考えてる。音響機材だってこうして揃えただろ」

「あの、それはそれでいいんですけど」さすがにあたしも我慢の限界だった。「衣装や靴やメイクは、最後は自分で何とかできると思うんです。でも、一番肝心な歌とダンスはどうすればいいんですか」

「任せる」サトケンさんの投げっぱなしスープレックスが炸裂《さくれつ》した。「自分たちで考えろ」

いやもうダメ。あたし辞める。ゼッタイ辞める。今すぐ辞める。

「うじ、考えてきだ」

ＭＪが笑顔で手を左右に動かした。はあ？　あんた、まだコドモでしょ。何を考えてきたっていうの？

「曲を聴いで、思いづいだんだ」

メロディを口ずさみながら、あたしたちを押しのけて前に出た。やけに気仙沼弁がキツいのは、どうしてなんだろう。

あたしたちだって、よっぽど親しかったら別だけど、よく知らない相手だったらなるべくなまらないようにしてるのに。まだ子供だから、しょうがないのかな。

「イントロが流れるっしょ？　そん時はウエイティングだ。ワン、ツーでカウント取ったら、左から出る。こうだよ」

　歌いながら踊り始めた。軽いステップ。すごいフンイキがある。ハーフだからそう見えるのかな。足のさばきがキレイだ。

　ええと、つまり、その、どういうこと？　あんた、ホントに小四？　上手くない？

「ポップコーンがらランニングマン」ＭＪが手と足を同時に動かしながら踊っている。「そこからクラブステップに行ぐ。カンダンカンダンカンダン、誰でもでぎるよ」

　できないんじゃない？　ヒップホップ系なんだろうけど、あんたはかなりやってるからそんなことが言えるんだろうし、ダンスがこなれてるのも認めます。でも、あたしらにはできないって。

「何歳から踊ってるの？」

　若菜が腰を屈《かが》めて聞くと、三歳、という答えが返ってきた。その若さでダンス歴七年ですか。

「だって、うじＭＪだもん。キングオブポップだもん」

　いや、そっちのＭＪとはまた違うんじゃないの？　でも、小四とはとても思えないダンスのキレだった。素質もあるんだろうけど、七年練習すれば、それぐらいにはなれるんだね。

「リュー、デジカメでＭＪを撮れ。動画だぞ」サトケンさんが指を鳴らして命令した。「いいじゃねえか、ＭＪのダンスはカッコイイ。おれが見たってわかる。どうだ、そう思わねえか？」

　あたしたちは顔を見合わせた。ぶっちゃけ、その通りだ。

　あたしたちの誰よりも踊れるし、ダンサーっぽい。テクニックのレベルはゼンゼン上だろう。だけど。でも。

「十歳でしょ？　いくら何でも十歳の子に教わるなんて……」

　聖子があたしの気持ちを代弁してくれた。プライドとかじゃなくて、そんな年下の子に教えてもらうなんて、フツーありえないでしょ。

「つまらんことを言うな。上手けりゃ猿だって先生だ。教えてもらえ。できるだろ、ＭＪ？」

　サトケンさんが言うと、カンダンカンダン、とＭＪが笑いながら更に素早くステップを刻み始めた。止めてください、ついていけません。オバサンにはムリです。

「習ってもいいんだけど」若菜が囁いた。「ＭＪって、今まで教えたことないんでしょ？　結局はシロウトなんだよね。そのダンスも自己流？」

　イエス、とＭＪが親指を立てた。キツくない？　と若菜が肩をすくめた。

「マジで大丈夫なのかな。やるのはオッケーだけど、ホントにこれでステージに上がっちゃうわけ？」

いきなりMJがダンスをストップした。十歳でも責任を感じたらしい。できるの？　できないの？

「今度の金曜、ここにNHKが来るぞ」突然サトケンさんが言った。「夕方五時だ。練習日じゃないが、その日は集まってくれ。取材が入った」

「取材？」

何、それ。何の話？

「もともとコンサートはNHKが取材する予定だった。チャリティだし、市の主催だからな」あくび交じりでサトケンさんが続けた。「主催者側がNHKのスタッフにおれたちのことを話したら、ロックコンサートにアイドルが出るのは面白いですねってことになったんだとよ。どんなものか見せてもらえないかと言ってきた。しょうがない、受けてやったよ。アイドルだもんな、取材はつきものさ」

「……うちらがテレビに出るってこと？」

若菜の顔色が変わった。ローカルニュースだぜ、とサトケンさんが鼻の頭を人差し指で掻いた。

「おれとしては不満なんだがな。全国放送ならともかく、宮城県だけのニュースだ。どうなんだ、それ？　だけど、おれだって鬼じゃない。頼まれたら断れねえ。翌々日の日曜、夜七時のニュースで流すそうだ。放送するっていったって、一分か二分なわけだし、県内だけの話だけど――」

「テレビいいいい！」若菜が飛び上がった。「やる、やります！　出ます！　出させてください！」

教えてＭＪ、とすがりついた。聖子もうなずいてる。いいかも、とあたしも思った。ＭＪが踊り始めた。

「曲をかけて！」

若菜と聖子が叫んだ。リューさんが慌ててＣＤデッキの再生ボタンを押した。

＊

「もしもし？」

家に帰ったのは夜十時過ぎだった。お茶を淹れてから、由花に電話をかけた。毎晩、ぼくたちは交互に電話をかけ合うことになっているのだ。

一日の報告をするためなのだが、何かおっしゃりたい？　いけませんか？　愛し合う二人に文句があると？

「はーい、どーした？」

　ドライヤーの音がした。髪の毛を乾かしているらしい。まあその、つまり、愛ってそういうもんなんだろうな。

「聞いてくれ」

「いちいち言わなくていいから」由花が嬉しそうに笑った。「わかってるよ。でもさ、愛してるとかそういうのは、タイミングを読んで言ってくんないと……」

「サトケンさんのことだ」ぼくは愚痴り始めた。「あの人は何を考えてるんだ？」

「知らない。あたし、サトケンさんじゃないもん」

「そんなことわかってる」頭を掻き毟《むし》りながら話を続けた。「さっき、ＫＪＨの練習が終わった。練習日はあと三回しかない。みんな学生で、学校はサボれない。練習は六時から九時までの三時間、終わった二回をあわせても、五回でトータル十五時間だ。いくら一曲だけといっても、十五時間の練習でステージに立てると思うか？」

「おお、なかなかキビシイね」

「なかなかじゃない。メチャクチャ厳しい」自分で淹れた日本茶をひと口すすった。「ずっと一緒にやってきたとか、それなら話は別だ。でもそうじゃない。残った四人はほぼ初対面みたいなもんだ。チームワークもアイコンタクトもない。フォーメーションだってできてないんだぞ？　どうやって踊れって言うんだ。なめてんのか？」

「ストップストップ」由花がドライヤーのスイッチを切る音がした。「ゆっくり話しなさいって。そんなに難しい？　無理？」

無理だね、とぼくは答えた。

「いいかい、バンドだって一曲の演奏のために何日もスタジオに籠もって練習する。合わせるってのはそういうことだ。どうしたって時間がかかる」

「そりゃそうだろうけど」

「お互いによく知ってるバンド仲間だってそうなんだから、いきなり集められたあの子たちにそんなことできるはずないっていうのはわかるだろ？　しかも出演するのはロックコンサートだ。客層も違う。ブラジルのサッカー場に楽天イーグルスの選手が乗り込んで試合するようなもので」

「そのたとえはよくわかりません」

「完全なアウェーってことだよ。応援してくれる者は一人もいない。ゴールキーパーの前でキャッチボールを始めたら観客はどう思う？　下手したら殺されるぞ」

「そこまでのことはないいんじゃないかなあ」

「誰もあの子たちの歌なんか聴いてくれないっていうのは本当だ。時間をかけて練習を積めば、いいパフォーマンスもできる。そうしたら観てくれる人も出てくるかもしれない。だけど無理だ。たった十五時間しか練習してないんじゃ、メチャクチャなことになる」

「どうなるっていうの？」

笑われるだろう、とぼくはため息をついた。

「もしくは完璧に無視されるか。どっちにしてもあの子たちがかわいそうだ。しかも、本人たちもそうなるってわかってる。ヤバいことになるってね。その通りだよ。あの子たちは特攻隊なんだ。サトケンさんはそういう残酷なことをしようとしている。それならそれでいいじゃねえかとか、適当なことを言ってる。何にもわかってないんだ」

ううむ、と由花が男のように唸った。まずいんだ、とぼくは訴えた。

「最悪なのは、サトケンさんが引っ込みがつかなくなってるんじゃないかってことだ。もうひと月を切ってる。あの人はイベントの主催者に直談判して、十分間のステージをもぎ取ったって威張ってたけど、逆に言うと、今さら止めるとは言えなくなってる。穴が空いたらサトケンさんの責任になるからね。自己チューな人だから、自分のためなら、他人がどうなったっていいみたいな……」

「そうかな。そんなことないんじゃない？」

「いや、そこはぼくも断言するつもりはないんだけど……でも、そういう人だって噂をよく聞くのも本当だ。あの子たちが傷つくかもしれない。そんなこと許されないよ。どうするつもりなんだ？」

「どうなるんだろうね」

由花はお気楽に笑うだけだった。頼むから、みんなもうちょっと真面目に考えてください。

＊

金曜の夕方、ぼくは家の手伝いを無理やり早く終わらせてレッスン場に行った。本当は近所に住んでるおばあさんが手芸教室に使う予定だったらしいけど、サトケンさんが話をして、臨時に譲ってもらったということだった。

サトケンさんは初めて会ったそのおばあさんと一緒に練習を見に来ていた。しかも二人仲良く手を繋《つな》いで。

こういう人が振り込め詐欺とかやっちゃうんだろうなあと思ったけど、ぼくは何も言わなかった。もう面倒臭くなっていた。

ぼくと前後して、NHKの撮影クルーも来ていた。さすが公共放送、結構な大人数で、テレビってゼイタクなんだなあと思った。たかがローカルニュースのミニコーナーに、十人ものスタッフを使うってどうなんだ。

　聖子と詩織、若菜とMJが揃ったのは、それから三十分ほど経ってからだった。ディレクターの女の人は、普通に、いつも通りにしてくださいと言ったけど、そんなのは無理な話だ。ずっとカメラが回っているので、全員が舞い上がっていた。

若菜なんかは、オホホ、とか口に手を当てて笑ってる。そんな笑い方、見たことないぞ。お嬢様のつもりか？

　着替えた四人がレッスン場で発声練習を始めた。誰が教えたのか知らないけど、ネットか何かで調べたのだろう。それなりに様になっていた。

アカペラで『ありがとうの言葉』を歌い出した時、ちょっとカンドーしてしまった。もしかしたら、ぼくの作った曲が公共放送の電波に乗って、気仙沼市はもちろん宮城県全域のお茶の間に流れるかもしれないのだ。これって、ある意味メジャーデビューより凄くないですか？

　いい曲ですね、とディレクターが言った。もちろんお世辞だとわかってたけど、やっぱり嬉しかった。ハグしちゃってもいいですか？

　何度か歌ってから、ストレッチをして、その後ダンスの練習に入った。四人が集まって踊るのは月曜以来初めてだ。

　しかも振り付けはあの日にMJが教えただけだから、どうなることかと思ってたけど、意外というか何というか、予想していたより遥かにちゃんとしていた。しかも揃っている。

どうしてだ？　それなりに見えるぞ。

ディレクターも不思議に思ったらしい。休憩に入ったところで、どうやって練習しているのかと質問をした。

「里中さんに聞いたんですけど、皆さんは学校も年齢も違うわけですよね。高校生、中学生、小学生が一つのチームにいるわけですけど、みんなで集まって練習したりするんですか」

代表して前に出たのは聖子だった。いえ、とカメラ目線で答える。やたら堂々としてるけど、今の子ってそうなの？

「では、どんなふうに？」

「振り付けを撮影して、それをデータで送り合ってるんです」ちょっと得意げに説明を始めた。「全員が自分の、そうじゃなかったら家族がパソコンを持ってます。そこにお互いのダンスを送るんです。それを見ながら個人練習をします」

あなたもそうしてるの？　とディレクターがＭＪにマイクを向けた。そんなのカンタン、と明るく笑った。

確かに、今の中高生なら個人でパソコンを持っている者も少なくないだろう。ＭＪはまだ小学生だけど、町でも有名なお金持ちの娘だ。高山だったら、買い与えていてもおかしくない。

　そうだったのか、と文明の進歩に感心した。ぼくが高校生だった頃ならあり得ない話だけど、彼女たちはハイテクを使いこなせるのだ。

　集まって合わせてみなければならないところもあるのだろうけど、自分のダンスのスキルを上げるだけなら、パソコンで十分に可能だ。

　ぼくは使ってないけど、スカイプに代表される無料通話ができるシステムも使いこなしているのかもしれない。電脳少女たちなのだと思ったけど、よく考えるとそれが今じゃ普通なのだ。

「曲に合わせて自主練して、それをまたみんなに送るんです」聖子の説明が続いている。「難しいとこは教え合ったり、リズムやテンポの修正もできます。そんなに大変なことじゃありません」

　そうそう、と詩織とＭＪがうなずいている。若菜は聖子の後ろでカメラに向かってピースサインを出していた。

　時代なんだな、とおばあさんと腕を組んだまま、サトケンさんが近づいてきた。

「おれの言った通りだろ？　何とかなるもんなんだ。あいつらだってバカじゃねえ。自分で考えて答えを出すさ。おめえは過保護なんだよ」

「そうですかね」ぼくは首を傾《かし》げた。「確かに、心配し過ぎだっていうのはそうかもしれません。それなりに踊れてるし、上手くなってる。ぼくらの見てないところで、練習を頑張ってたんでしょう」

「だな」

「だけど、やっぱり粗《あら》はありますよ。ステップのコンビネーションとか、微妙にずれてるところがある。ぼくみたいな素人が見たってわかります」

「それはこれから練習してきゃいいんじゃねえか？　まだ時間はあるんだ」

「かもしれないですけど、これはあくまで練習で、本番とは違います。一万人の客が見てる前で歌って踊るんですよ。ちゃんとパフォーマンスできると思います？　上がったりもするでしょうし、アクシデントだって起きるかもしれない」

「そんなこと言ってたらきりがねえよ。それに、毎日合宿したって、そこに客はいないわけだろ？　本番で上がっちまうのは仕方ないんじゃねえか？」

「だから、もうちょっと順序を考えるべきだって言ってるんです」ぼくは顔をしかめた。「最初から大箱《おおばこ》でやろうなんて間違ってますよ。路上パフォーマンスとかをやったり学校の文化祭で発表したり、地道に練習を重ねて、そうやって人の目に慣れていかなきゃ……」

「おめえはつまんねえことばっかり考えてんだな」感心したようにサトケンさんが言った。

「いいじゃねえか、いきなり一万人の前でお披露目するっていうのも。面白くねえか？」

「あなたにとってはそうかもしれませんけど、実際に人前に出るのはあの子たちです」踊っている四人を指さした。「本人は面白がれないですよ。まだ子供なんです。客前で歌ったことだってほとんどないんじゃないですか？　失敗したらどうなります？」

「そんなに失敗するのはまずいか？」

サトケンさんが真面目な顔になった。当たり前じゃないですかと言おうとしたぼくの口が勝手に閉じた。失敗しちゃいけない理由って何だろう？

「だから……ミスったり間違ったりしたら、笑われるじゃないですか」ぼくは大声で言った。「そんなことになったら傷つきますよ。あの子たちのためになりません」

「そんなに傷つくのはいけないか？」

ぼくは頭をがりがり掻いた。話が通じないのだからしょうがない。何を言っても無駄なのだ。

「先のことは心配すんな」サトケンさんがおばあさんの肩を強く抱いた。「大丈夫だって、うまくいくよ。ねえ、バアちゃん？」

そうだよお、とおばあさんがうなずいてる。ポジティブシンキング。いいよなあ、そういう考え方。

羨ましいけど、ぼくにはできない。人生って、そういうもんじゃないでしょ？

踊っている四人をカメラがずっと追いかけている。ダンスはそれからもずっと続いた。

＊

日曜の夜、ママとあたしと知佐はテレビを見ながら晩ご飯を食べていた。パパは出張で、明日まで帰ってこない。

女三人でだらだら話しながら食べ終わった時、ＮＨＫのニュースが始まった。七時だ。

「お姉ちゃん、マジでテレビ出んの？」

知佐が聞いた。どうなんだろう。放送は日曜ですとディレクターの人は言ってたけど、どこまで大きく扱ってくれるのかは聞いてない。もしかしたら十秒ぐらいということもないとは言えなかった。

「スゲエ。ホントのアイドルじゃん」

スゲエとか言わないの、とママがお皿を洗いながら注意した。他のことはあんまり言わないけど、言葉遣いだけはうるさい。そういう子はモテないから、というのが持論だった。

全国ニュースの間、あたしは聖子たちとメールを送り合った。いつ始まるの？　まだ？　どんな感じ？　テレビってデブって見えるってホント？

時間が経つにつれメールの返りが悪くなり、そしてみんな何も言わなくなった。後片付けを終えたママがテーブルに戻ってくるのと同時に画面が切り替わり、ローカルニュースの時間です、といつものアナウンサーがにっこり笑った。

二十頭の豚が輸送中のトラックから逃げ出し、仙台の町が大騒ぎになったそうだ。そんなのどうでもいいんですけど。

でも、ママと知佐はブヒブヒ鳴きながら逃げ回る豚を見て、チョーカワイイとか間抜けなことを言っていた。

いいじゃん、そんなの。何で今日逃げるの、豚。明日にしなさい明日に。

イライラしてたら、ようやく次の話題に移った。気仙沼港の特設会場でチャリティのロックコンサートが開催されます、とアナウンサーが言った。

コンサートが大きく扱われるのは聞いていた。市の主催だから、テレビ局も協力しているのだそうだ。

録画、大丈夫？　とママが言った。七時のニュースは全部録画している。確かめていた知佐が、オッケーと指で丸を作った。

大震災の後、東北ではほとんどの地域でお祭りやイベントが自粛されていた。二万人近い犠牲者が出たのだから、そんなことをしてる場合じゃないという流れになるのはやむを得ないところだろう。

でも、しばらく前から、各地でお祭りなどが再開されるようになっていた。自粛してるばかりじゃダメだ、という人達が少なからずいたからで、それもまた自然な話だった。あたしもそう思う。

だから、秋になって東北の各地でいろんなイベントが企画され、町や市、あるいは県なんかが力を入れるようになっていた。今回のチャリティコンサートもそのひとつです、とアナウンサーが説明した。

特にこの気仙沼復活コンサートは、プロのアーティスト、ミュージシャンがボランティアで参加しているイベントで、大掛かりなものになると町でも話題になっていた。

NHKとしてもそれなりに協力するつもりはあるようで、出演するミュージシャンの話を聞くために、わざわざ東京まで行って取材してきたという。有名なアーティストがカメラに向かって、頑張れ東北、とかメッセージを送る映像が流れていた。

「さて、今回のコンサートに特別参加するのが、気仙沼発のアイドルを目指してスタートしたばかりのKJH49という四人組のグループです」

アナウンサーが微笑を浮かべながら言った。ママと知佐、そしてあたしは椅子ごとテレビににじり寄った。

「KJH49？　そーゆー名前なわけ？」

知佐が大声をあげた。静かにしてよって言ったけど、ダサ、と呆れたように切り捨てられた。

「何、それ？　思いきりAKBじゃん？　ネーミングセンス、悪《わる》」

「うちらが決めたんじゃないし」あたしは言い訳した。「最初からそういう名前だったんだもん」

グループ名はサトケンさんがつけていた。あたしたちが集まった時、とりあえずそういう名前にしたからと説明があった。

何か呼び名がないと不便だからなということで、あくまでも暫定的にそう呼ぶだけだという話だった。

あたしたちもいい名前だなんて思ってない。ていうか、やっぱこれパクリじゃね？　恥ずかしいよ、マジで。

いいの？　いろんな意味で大丈夫？　クレームとかつかない？

49って何なんですかって聞いたら、たまたま県道49号線を走っていた時に思いついたんだとか何とか言ってたけど、そうじゃないでしょ。48よりひとつ多い数字にしたかっただけでしょ。

サトケンさんが勤めている保険会社の略称がKJHだと知ったのはしばらく後のことで、もしかしたら宣伝したいって考えがあったのかもしれない。

でも、そういうことでもないんだろうな。考えるのがメンドーになって、ぱっと目に入ったKJHってアルファベットのフンイキだけでつけちゃったんだろう。そういう人だもん。

そのサトケンさんが画面に大写しになっていた。ニタニタ笑ってる。気持ち悪いんですけど。

「気仙沼から日本に、いや世界中に元気を発信するグループとして、このKJH49を立ち上げました」

元気があれば何でもできるんです、とうなずいてる。あんたはアントニオイノキか。いつ、ダー！　って言うつもり？

女の人の声でナレーションが入り、KJHの活動をリポートしていた。練習風景なんかもだ。

あ、今あたしが映った。一瞬だけど、画面を横切った。見た？　ママ、知佐、今の見た？

〈杉浦聖子さん（高校3年生）〉というテロップが出て、聖子のインタビューが始まった。一人だけアップ。ちょっとずるい。羨ましい。でも恥ずかしい。

聖子は顔中に力が入っていた。チークを塗り過ぎてて、頬っぺたが真っ赤だ。

やだ、ちょっとブスっぽい。違うの、この子ホントはもうちょっとカワイイんです。

「最初はローカルアイドルでいいと思ってますけどお、最終的には気仙沼、宮城県を飛び出して、日本中で活躍できるようになりたいです！」

右の人差し指をカメラに突き付けた。止めて、それ。ホントに恥ずかしいんですけど。

ソロで踊ってるＭＪとか、歌っているあたしと若菜の映像も流れた。どうなの、あたし。おかしくない？　みっともなくない？

ああ、何でジャージなのかなあ。いつもはもっとオシャレなの。ねえ、信じて。

二分ちょっとでＫＪＨのコーナーは終わった。全身から力が抜けて、椅子にぐったりともたれかかった。

「スゲエ」ママが額に手を当てた。「しいちゃん、マジで映ってた」

あなた、さっき知佐にスゲエって言っちゃダメって言ったばっかじゃないんですか？

でも、ママは知佐と手を取り合って、スゲエスゲエを連発してた。そうかも。スゲエかも。

いきなり家の電話が鳴った。ママのケータイ、そしてあたしと知佐のスマホもだ。

「見たよ、しい！」ピータンの悲鳴が聞こえた。「何、アンタ、アイドル？　コンサート？　いつ、どこ？」

切れ切れの単語で質問が続く。それでも日本人なの？

ママと知佐も電話を耳に当てて、喋り出していた。キャッチ入った、と二人が同時に叫ぶ。

あたしのスマホもだ。

そうだよね、何てったってＮＨＫだもんね。みんな見てるよね。

それからたっぷり三時間、あたしたちはかかってくる電話の応対に追われた。気仙沼の人って、ヒマなんだなあ。

step 3 初ステージ？

十一月十三日、日曜日、午後一時。

あたしたちは気仙沼港近くの公園にいた。出番は夕方四時からだけど、その前に練習をしなければならなかった。

コンサートそのものは一時間ほど前から始まっていた。この公園から会場までは一キロもない。特設ステージに、朝から大勢の人が続々吸い込まれていくのを見て、みんなの口からため息が漏れていた。

外はロープで囲ってあるけど、客席はオープンに近い。会場の規模から考えて、一万人を遥かに超える観客が入っているんだろう。幸か不幸かすごい快晴だったので、今日になって行くと決めた人も多いに違いない。

あたしはめちゃくちゃ上がっていた。朝起きた時からだ。心臓がバクバク言う音が耳に直接伝わってくる。こんなプレッシャーは生まれて初めてだ。

中二の夏、一年上のモトハル先輩と初めてデートした時も、こんなじゃなかった。ん？でもないか？

手を握られた時、心臓どころか内臓全部が口から飛び出しそうになったから、やっぱあの時の方がキンチョーしてた？

いやいや、そんなことない。今日の方がすごいって。

だって、あの時あたしは先輩の手を握り返したもん。そうしたかったし、ちゃんと手は言うことを聞いてくれた。

手を繋いだまま、三時間黙ってベンチに座ってた。ああ、あの時のあたし、シアワセでした。

でも今日は違う。ダンスの練習をしようとしても、手も足も思い通りに動いてくれなかった。

このひと月、毎日毎日練習してきて、何も考えないでも勝手に体が動きだすところまで準備は整えていた。でも、今、あたしの体は人形より動かない。死んだ魚より動かない。徳仙《とくせん》丈山《じょうざん》並みに微動だにしない。おお、何てこったい。

唯一の慰めは、あたしだけじゃないってことだ。聖子も若菜も明らかに訳がわかんなくなっていた。だんす？　ソレハ何語デスカ？

MJだけは意気軒昂としていて、いつも以上にキレのいいステップを刻んでいた。そりゃキミは十歳だもの、プレッシャーなんか感じないでしょうよ。

お姉さんたちは違うの、いろいろ考えちゃうの。そういうお年頃なの。

「フォーメーション！」

MJが叫んだ。十歳の女の子に指示されないと、あたしたちは動けなかった。情けない。ああ情けないったらありゃしない。

四人で横一列に並んだ。センター左がMJ、右が聖子。それぞれの横にあたしと若菜。

全員、この前届いたばかりのステージ衣装を身につけていた。どこから見てもAKBのパクリというか、安いショーパブ的というか、ペッラペラの衣装だ。

赤と紺のチェックで、形だけはどうにかそれらしく見えるけど、一度着たら二度と使えない。洗濯なんかしたらバラバラになりそうだ。

サイズは全員Mで、あたしと若菜はともかく、MJには大き過ぎたし、聖子にはキツキツだった。昨日の午後気仙沼に来ていたリューさんの彼女さん、由花さんがうまくごまかしてくれたから、どうにかなったけど、もしかしたら聖子はダンスの途中で前ボタンが全部弾《はじ》け飛んでしまうかもしれなかった。

ジャージとこの衣装とでは、どうしても勝手が違う。手足を思いきり動かすこともできない。

でもステージは数時間後だ。それまでに慣れておかないと。

曲をCDデッキでかけ、MJの号令で踊った。公園には子供たちやお年寄りがたくさんいた。誰もあたしたちを直視しなかった。

笑いもせず、首を傾げることもしないのは、触れてはいけないと感じているからなのだろう。君子危うきに近寄らずだ。お願い、誰かツッコんで。笑ってください。

そうこうしているうちに、リューさんが由花さんと一緒にやってきた。不思議だ。どうしてリューさんみたいなあからさまな社会不適応者に、由花さんみたいな美人がくっついてるのか。そもそもどうして彼女がいるの？

高一の春、カズくんと別れてから、あたしには彼氏がいない。聖子は男の子に興味がないって言ってる。

若菜は小二から永遠の片想いを続けていた隣の家のヒデキさんに去年彼女ができて、ふっ切れたのは最近だ。MJだけは二人のボーイフレンドがいるらしいけど、世の中って不公平じゃない？

由花さんは東京のコミュニティFM局でアナウンサー兼ディレクターをやってるそうで、その前はタレントになろうと思ってた時期もあったという。だからアイドルに何が必要か、基本的なことはサトケンさんやリューさんより詳しかった。

由花さんが見てくれていなかったら、いくらMJがいたとはいえ、あたしたちはここまでまとまれなかっただろう。使えない二人のオジサンより百倍役に立つ、ありがたい人だった。

それから三十分ほど遅れて、サトケンさんが二人のきれいなお姉さんを連れて公園に現れた。かしわで美容室のハルさんとアキさんだと言って、運んできた折り畳みの椅子に腰掛けてふんぞり返った。

「ヘアメイクのプロだぞ。どうとでもしてくれる」

立ちなさいよ、とハルさんが椅子を蹴飛ばした。ごめんなさい、と飛び上がったサトケンさんが椅子を前に差し出す。二十代半ばの二人に、邪魔しないでと叱られて、体を縮こませていた。

あなた座って、とアキさんが低い声であたしに命じた。二人はよく似ていて、後で聞いたら姉妹だった。どっちがお姉さんなのかはわからない。

「日曜なのに。稼ぎ時なのに」

てきぱきとあたしの髪にブラシをかけながらアキさんが呻いた。ホントに、とハルさんがうなずく。

悪いな、とサトケンさんが片手で拝んだ。

「いざって時に頼りになるのはキミたちだけなんだ。いや、感謝してるって」

口ばっかだよね、と二人が舌を出した。すまんすまん、とサトケンさんが何度も頭を下げる。いいけど、とアキさんがあたしの目につけまつげを当てた。

「動かないで……そっか、奥二重なんだ。もったいないね、目がぱっちりしたら、もっとカワイイのに。今度店においでよ。ちゃんとメイクしてあげるから」

「高校生？　いいよねえ、肌がぷるぷるしてる」アキさんは聖子の頬にピンクのチークを塗っていた。「うちらも昔はそうだったのにねえ」

「そんなことない。キミたちだってピチピチだよ……わかった、おれが悪かった」脇腹を肘で突かれたサトケンさんが咳《せ》き込んだ。「暴力反対。キミたちは加減というものを知らんのか」

黙って見てなさい、とハルさんとアキさんが口を揃えた。子供を叱る母親のようだ。すいません、とサトケンさんがうなずく。どういう関係なんだろう？

髪の毛とメイクをまとめるのは、結構な時間がかかった。自分でやる時はもっとテキトーだけど、ステージに立つためのヘアメイクはやっぱりちょっと違う。

野外ステージだから、髪が風で流されないようにスプレーで固める必要もあった。ＭＪも含め、四人のメイクが終わった時、一時間が経っていた。

「はい、これはオマケ」

最後に二人がシュシュをつけてくれた。同じデザインで色違い。髪につけると、一気にアイドルっぽくなってびっくりした。

「終わったか？　じゃ、キミたちも一緒に来てくれ」近くのシーソーの上で煙草をふかしていたサトケンさんが声をかけた。「ステージに上がるまで、髪の毛やメイクが崩れないように、面倒見てやってくれよ」

「店に戻らないと」ハルさんが首を振った。「ここまでの約束でしょ？」

「頼むよ。いいだろ？　有名なアーティストも出演する。見てけばいいじゃねえか」

「興味なし」アキさんがメイク道具を箱にしまった。「ミスチルだったら行くけど。もしくはフクヤマ」

「トバイチロー、出ないの？」

ハルさんが腕を組んだ。好みが違うらしい。そう言うなよ、とサトケンさんが二人の肩に手を回して、また脇腹に肘鉄砲を食らった。

「キミたちがメイクしたんじゃないか。初ステージだぞ？　将来自慢できる。あたしたち、ＫＪＨの最初のステージを担当したのよって」

二人が顔を見合わせて噴き出した。サトケンさんだよねえ、と肩を叩き合っている。そんなに笑えるところ？

「しょうがない、つきあってあげるよ」

「だね。ステージに立つまで、一緒にいる」

すまんな、とサトケンさんが笑った。ホントに、とハルさんが鼻をこすりあげた。

「しょうがないしょうがない。サトケンさんに頼まれたんじゃ断れない」

「でも、今回限りだからね」アキさんが釘を刺した。「毎回つきあうわけにいかないのは、わかってるでしょ？」

「もちろんだ」

サトケンさんがうなずいた。どういう知り合いなのかわからないけど、年齢差があっても仲がいいのはわかった。

ふうん。ちょっと見直しちゃった。サトケンさん、けっこう信頼されてんじゃん。

「そろそろ行った方がいいんじゃないですか？」

時計に目をやったリューさんが言った。三時だ。車取ってくる、とサトケンさんがのそのそ歩きだした。

＊

特設会場近くの駐車場に車を駐めて、そこから中へ入った。客の入り口も関係者受付も一緒になっていたから、あたしたちはステージ衣装のまま人の波をかき分けて控室へ進んだ。

みんな、じろじろ見てた。コスプレか？　とか言ってる人もいたし、不愉快そうに顔を背ける人とかもいた。

そりゃそうだ、ここはロックコンサートの会場なんだもの。あたしたちは場違いだ。会場はアウェーだって、何度かリューさんが言ってたけど、あれは本当だった。ちゃんとしたアイドルならともかく、あたしたちはそんなレベルに達してない。パチモンのアイドル。そーゆー目で見られても仕方ない。

はずいよ、と若菜がつぶやいた。右に同じ。みんなの肩を押して、控室へと急いだ。

ステージ裏にあった控室は、けっこう広かった。出演しているのは仙台や石巻なんかで活動してるアマチュアバンド約十組と、ＣＤなんかも出しているようなプロのアーティスト数組だ。

コンセプトはわかんないけど、アマもプロも同じ空間にいる。ヤベえ、と若菜が手を口に当てた。

「ヒロトいるじゃん！　マジ本物！　どうしよう、サインとかもらっていいわけ？」

視線の先を追うと、テレビで見たことのある顔がそこにあった。ブルービーンズのボーカル、ヒロト。缶ビールを飲みながら、大きな口を開けて笑ってる。ロッカーだ。カッコイイ。
「ダメだよ、サインなんて」リューさんがしかめっ面で言った。「そりゃマズいって。出演者同士なんだぞ」

「つまり同業でしょ？　いいんじゃない？」

由花さんが言ったけど、ダメだって、とリューさんがあたしたちを奥へ追いやった。

「どこが同業者なんだ？　こっちはアイドルを目指してるだけの、ただの素人なんだぞ」

それはそうなんだけど、あたしも若菜もちょっとむっとした。いいじゃんねえ、サインぐらい。減るもんじゃないんだし。

でもリューさんはダメダメの一点張りだった。ヒロト様と口利くなんて十年早いとまで言ってたから、もしかして自分がファンなのかも。

控室の一番奥にＫＪＨ49様、と書いてあるカーテンみたいな幕があって、そこへ入れられた。女の子で、十代だからということなのだろう、周りからは見えないようになっている。サトケンさんたち五人とあたしたち四人だとちょっと狭かったけど、でも少し落ち着いた。

「うちら、何してんだろ？」聖子がぼそりと言った。「浮いてない？　バカみたいだ」

あたしも同じことを考えてた。出演者も、観客も、スタッフも、みんなロック。

あたしたちだけがアイドル。しかもバッタもん。こんなところへ来て、何をしろっていうの？

若菜が壁に手を当てて、えずき始めた。水、水とうわ言のように言ってる。

あたしも息ができなくなっていた。吐いて、吸って、それだけのことができない。

聖子は膨れっ面で立ってたけど、ポーズだってすぐわかった。だって膝が震えてるんだもん。

情けないけど、頼れるのはＭＪだけだ。そう思って振り返ると、紙より真っ白な顔のＭＪが十字を切っていた。

あんたもなの？　さっきまで平気だったじゃん？

ステージの方からギターとシャウトするボーカルがごっちゃになって降り注いでくる。凄《すさ》まじい迫力だ。

プロ？　アマ？　どっちにしてもすごくない？　マジですか？　マジなんですね？

インカムをつけた男の人が入ってきて、次の曲で前のバンドが終わりますと怒鳴った。五分ぐらいだという。司会者が呼んだらステージへどうぞ、と指示があった。

あと五分？　すいません、気持ち悪いです。ていうか、吐きます！

「みんな、集まれ」

リューさんが声をかけた。顔がひきつってる。隣の由花さんも、さすがに不安そうだ。

「まず深呼吸だ。落ち着け」

アンタが落ち着きなさいって、と由花さんが後頭部をはたいた。リューさんが度を失っているのは明らかで、わかりやすく声が裏返っていた。

「いいかい、上がってしまうのはわかる。これだけの客がいるんだから、そりゃしょうがない」情けない笑みを浮かべながらリューさんが言った。「だけど、客のことなんか気にしなくていい。ジャガイモが一万個並んでると思うんだ。気を楽にして、できるだけのことをすればいい。わかるね?」

言いたいことはよくわかる。そんなふうに考えるべきなんだろう。楽しもう、と聖子が顔を上げた。

「初ステージなんだから、ちょっとぐらいミスったってしょうがないって。それより、うちらが楽しんだ方が——」

おい待て、とハルさんとアキさんをからかっていたサトケンさんが、にやにや笑いを顔中に浮かべながら近づいてきた。オジサン、状況わかってんの?

「楽しんでくる? ふざけんな、ステージは戦場だぞ」煙草をくわえて火をつけた。「客は客だ。あいつらを楽しませるのがおめえらの仕事で、それは絶対の義務だ。ステージで死んでこい。アイドルなんだろ? ファンのために死ねたら本望じゃねえか」

そんなこと言ったら逆効果です、と真っ青な顔のリューさんが腕を引いた。うるせえ、と怒鳴ったサトケンさんが手を前に出した。

「全国制覇に向けて、ここがスタートだ。フルスロットルで行け。頭からケツまで本気でやれ。余裕こいてたら、おれがぶっ殺すぞ」

どういうプレッシャーのかけ方？　ハンパないんですけど。そんなに追い詰めることないんじゃない？

「ゴールは東京ドームだ。気仙沼の元気を見せつけてこい！」

みんなが手を重ねた。どうしてだかわかんないけど、あたしは落ち着いていた。

そっか、死ねばいいのか。そっか。

どうせやるなら本気でやろう。いいじゃん、マジでやったって。

一回ぐらい本気出したっていいじゃん。笑われたっていいじゃん。

『ゴーストシップの皆さんでした！　拍手！　ありがとう！』司会者の声が聞こえた。『それでは二分のインターバル後、気仙沼発のアイドルグループ、ＫＪＨ49が登場します！　お楽しみに！』

スタッフの人が入ってきて、こちらへどうぞと手招きした。行こう、と先頭に立った聖子が走りだした。

狭い通路を進んだ。裏手の階段から上がってくださいと指示されて駆け上がると、たくさんのライトがステージを照らし出していた。

まぶしい。袖から見渡すと、スタンディングの観客が両手を振り上げていた。

インカムに手を当てていたスタッフが何か叫んだ。うなずいた司会者が、ＫＪＨ49のステージですと大声で言った。

それを合図に袖からステージ中央へ走った。自然といつものフォーメーションになっていた。

『気仙沼の元気少女隊、ＫＪＨ49！　迫力のパフォーマンスをご覧ください！』

司会者が下がり、ライトが点滅した。ＰＡ担当のスタッフが手を振る。

聖子とＭＪが置いてあったマイクを摑んだ。イントロが流れ出す。

「行くぜ！」

聖子がシャウトした。あたしたちの体が勝手に反応して動き出す。ライトが回転しながらあたしたちを照らした。

練習しといてよかったと思った。体が全部覚えてる。どうすればいいんだっけとか、次は何だっけとか、そんなこと何も考えなくていい。全自動ダンスマシン。それがあたしたちだ。

観客の顔なんか目に入らなかった。わかるのは隣のＭＪが歌っていることだけ。力いっぱいのボーカルが会場全体に響いている。

他の三人のことはわかんないけど、踊れてるような気がした。悪くないんじゃない？　うまくいってない？

怖くなかった。むしろ気持ちいい。見てよ、あたしのこと。笑われたっていい。カッコ悪くってもいい。

手が、足が、肩が、胸が、腰が、勝手に動いてく。それだけでいい。

いつまでもいつまでも踊っていたい。踊れる。歌える。あたしたちならできる。

MJの張りのある声がスピーカーから流れ、大空に吸い込まれていく。最後に全員でポーズを決めた。気づいたら終わってた。

はあはあとか、ぜいぜいとか、荒い息遣いが聞こえた。あたしもそうだったし、みんなも同じだ。真っ白になった気がした。

いきなり、我に返った。目の前に一万人の客がいた。あたしたち、何してんの？　ヤバくない？

司会者が袖から出てくるのが見えた。ちょっとしたインタビューっていうか、自己紹介とか、今の心境はとか、そんなことを質問されるっていう段取りは事前に聞いてた。

でも、それどころじゃない。全部頭から飛んで、急に怖くなって、あたしは後ずさった。

聖子も若菜もＭＪも同じだった。逃げるようにステージを走り、舞台裏に駆け込んだ。どうしたらいいのかわからないらしく、司会者がしきりに首を捻っていた。

まばらな拍手が聞こえてきた。そんなふうにして、あたしたちの初ステージは終わった。

＊

ぼくたちは浜南《はまなん》街道沿いにあるファミレスにいた。サトケンさんとぼく、由花の三人だ。ハルさんとアキさんは美容院に戻ると言って帰っていた。

四人の女の子は別の席にいた。全員ステージ衣装をつけたままで、お腹が空いたと大騒ぎし、メニューの端から順番にオーダーするという荒技を繰り出してたけど、いやもう何でも好きにしてください。お疲れさまでした。

四人がキャーキャー叫ぶ声をバックに、ぼくたちはドリンクバーのコーヒーを飲みながら、それぞれ大きく息を吐いた。こっちだって疲れていたのだ。

「よかったんじゃない？」一人だけアイスティーを飲んでいた由花が、ぼくとサトケンさんを交互に見た。「無事に終わったし、ちゃんと歌ってちゃんと踊ってた。あれはあれで、ありなんじゃないかなあ」

サトケンさんが何か言おうとしたけど、ぼくの方が早かった。毎度毎度そっちのペースで進ませるわけにはいかないぞ。

「そういうことです。とにかく終わった。あの子たちにしてはよくやったと思いませんか？　そりゃ、細かいこと言い出したらきりがないでしょうけど、何しろ初めてのステージだったんです。ぼくは満足してますよ」

まあな、とか何とか言いかけたサトケンさんを制して、話し続けた。

「ぼくが心配してたより、全然ちゃんとしてました。ほっとしてます。ひと月ちょっとの練習であれぐらいのレベルまで行けたっていうのは、立派なんじゃないですか。やればできるってサトケンさんは言ってましたけど、実際そうでした。客受けはそんなでもなかったですけど、客層を考えたら仕方ないでしょう。ブーイングが起きたわけでもないし、失笑されたりもしなかった。めでたしめでたしです」

何が言いたい、とサトケンさんが睨んだ。そんな顔したって駄目です、とぼくは首を振った。

「でも、今日で終わった方がいいと思います。こんなこと続けるのは無理ですよ」

「無理？」

「今日のステージをいい思い出にして、終わらせるべきなんじゃないかってことです。週一回、三時間の練習じゃ、これ以上スキルが伸びるはずありません。多少の伸びしろはあるかもしれませんけど、たかが知れてます。やってることは自己満足に過ぎません」

そうか？　とサトケンさんがコーヒーにミルクを足した。そうですよ、とぼくはテーブルを叩いた。

「無理だって言ったのは、彼女たちのことだけじゃありません。ぼくたちの話でもあるんです。みんな迷惑してますよ。コンサートの主催者だって、本当は困ってたはずです。ロックコンサートにアイドルを出演させるのは違うでしょ？」

「どうだろうな」

「客だってそうです。みんなロックを聴きに来ている。何でその真ん中にアイドルが出てくるんだ、そう思ったでしょう。ハルさんとアキさんだって、サトケンさんに頼まれて仕方なくつきあってくれたけど、あの人達にも仕事があります。毎回ボランティアを頼むわけにもいかないでしょ」

かもしれん、とサトケンさんが顎を撫でた。

「こんなこと言いたくないですけど、あの子たちが着てる衣装代はぼくも半分出してます。返してほしいなんて言ってるんじゃないですよ。衣装は必要なんだから、買うのは当然です。それはいいんですけど、この一カ月、ぼくはろくに自分の仕事ができませんでした」

それは本当だった。本来なら十月いっぱいはいわゆる営業活動をしてお客さんを集め、十一月に入ったら撮影の仕事をする予定だったのだけど、ＫＪＨ絡みでやらなければならないことが多過ぎて、思うようにお客さんを見つけることができなかったのだ。

「サトケンさんはいいですよ。保険会社のサラリーマンなんだから、給料は保証されてる。でもぼくは自営業者ですからね。日銭がいるんです。仕事をしなかったら死活問題なんですよ」

止めなって、と由花がぼくの腕を引いた。わかってる。全部がサトケンさんのせいじゃない。

係わってしまったことだから、途中で逃げ出したりしないと決めたのはぼく自身だ。それはそれで仕方ない。

だけど、ぼくにも生活がある。あの子たちの夢を応援したいと本気で思ってるけど、これ以上はつきあえない。

今日言うしかないとわかってた。はっきりさせなければならない。今、率直に言わないと、サトケンさんはわかってくれないだろう。

「ＫＪＨが嫌だとか、そういうことじゃないんです。面倒臭いって思ったりはしましたけど、手伝えることがあるんならヘルプしていきたいっていう気持ちはあります。今だって応援したいですよ。でも現実ってものがあるんです。これ以上は……」

煙草に火をつけたサトケンさんが、大きく口を開けて煙を吐いた。ぼくを見つめる目に、憐《あわ》れむような色が浮かんでいた。

「リュー、財テクって知ってるか？」

何を言い出すんだ、この人は。

「それぐらい知ってますよ」

「資産運用について、おれはプロだ。保険屋だからな」サトケンさんが肩をすくめた。「どうすれば金持ちになれるか、よく知ってる」

「あの、そんな話はしてないんですけど……」

「日銭が必要だって言ったな？　かわいそうに、おめえには大局観ってものがない。そんな人生はクソだ。目先の銭だけを追いかけたって、金持ちにはなれねえよ。巨視的に物事を見ないとな」

「タイキョクカン？　キョシテキ？」

「どうすれば金持ちになれるかわかるか？」身を乗り出したサトケンさんの目が、異様な輝きを帯びていた。「創業者利益だ。キャピタルゲインだよ」

「創業者利益？」

「ベンチャービジネスについて、詳しく説明しようとは思わん。どうせわからねえだろ？

だから結論だけ言う。将来性のある会社を興せ。最小投資で最大のリターンが見込める。そいつは創業者の権利なんだ。理解できるか。ドゥーユーアンダスタン？」

「あの、サトケンさん、ぼくはそんな……」

「おめえはついてない男だ。失敗ばかりの人生だった」サトケンさんがぼくの肩を優しく抱いた。「唯一の幸運は由花ちゃんを手に入れたことだが、愛だけじゃ食っていけねえよな」

空いていた左手で由花の手を握った。止めてくれませんか、ぼくの彼女なんですけど。

「運の総量は決まってる。いい女に恵まれた奴は、経済的な面じゃドツボにはまっちまうもんだ。だが、神様は平等だよ。ちゃんとおめえにもチャンスは巡ってくる。気づくか気づかないか、それだけだ。今がその時だってことが、おめえには見えてない。かわいそうな奴だ」

「いや、だから……」

心配すんな、とサトケンさんがぼくを両腕で強く抱きしめた。

「おめえのせいじゃない。大概の奴がそうなんだ。安心しろ。おめえにはおれがついてる。おれが教えてやる。いいか、今が人生最大の、そして最後のチャンスなんだぞ。年末ジャンボ宝くじよりロト6よりすげえジャックポットにぶち当たる。その権利をドブに捨てる気か？」

「ジャックポットって何？」

由花が前傾姿勢になる。よしなさいって、とぼくは腕を引っ張った。これは典型的な詐欺商法だ。話を聞いちゃいけない。

「由花ちゃん、ＫＪＨはおれとリューで始めた。おれがケチな男じゃないのはわかるだろ？」

「わかる」

子供のように由花がうなずいた。だから話を聞いちゃダメなんだってば。

「リューはおれのかわいい後輩だ。約束する。利益は折半だ。そして由花ちゃんはそんなリューの彼女だ。おれにとっては妹も同然」

「うん」

「三人で始めたも同じだから、由花ちゃんも入れよう。それぞれ三十三パーセントの取り分だ。ＫＪＨは大金脈だよ。掘っても掘っても尽きないゴールドラッシュが始まろうとしてる。おれたち三人で利益を総取りだ。凄いことになる。宮城県で一番の金持ちにだってなれる。金持ちになりたいか？」

「なりたい」

「なれるわけないじゃないか」

ぼくは由花の肩を摑んで、こっちを向かせた。何だその目は？　どこを見てる、焦点が合ってないぞ。

「サトケンさんの言ってることは全部嘘だ。そんなことあるはずないだろ？　ＫＪＨが大金脈？　どこがだ？　あの子たちにそんな可能性は……」

「だからおめえは永遠にビンボーなんだ」サトケンさんが由花の肩を引き寄せた。「何もわかってねえ。見なかったのか？　あいつらのステージを。おれは可能性をビンビンに感じたぜ」

「どうしてそんなことが言えるんです？」

「おめえが見てたのはステージの上だけだろう」サトケンさんが勢いよく煙を吐いた。「見てるものが違う。おれが見てたのは客席だ」

「客席？」

「あいつらのステージが始まった途端、十何人かの男の子たちが望遠カメラを構えた。ロックコンサートにあんなでかいカメラを持ってくる馬鹿がいるか？　あの連中はＫＪＨ目当てに集まってきたんだ。ロック？　そんなものどうでもいい。アイドルを見に来てたんだよ」

「どこからそんな人達が来たわけ？」

由花の質問に、県の内外だ、とサトケンさんが答えた。

「今日のところは十数人だった。そりゃそうだ、今日がスタートなんだから、いきなり大勢集まってくるわけがない。だが、いずれ数百人になり、数千人になる。そこまで行けば後はあっと言う間だ。数万、数十万に膨れ上がる。百万を超えるかもしれねえな。どうだ？　そうなったらどんだけ儲《もう》かるか、想像もつかんぜ」

ぼくは由花の耳を塞いだ。こんな悪魔の論理を聞いちゃいけない。耳が腐るぞ。

「わかんないんだけど、どうして今日、十何人だかの男の子が会場に来たわけ？　ロックコンサートでしょ。アイドルが出るって、何でわかったの？」

テレビだよ、とアルカイックスマイルを浮かべたサトケンさんが、由花のアイスティーを一気に飲み干した。

「由花ちゃんは見てないかもしれんが、ＮＨＫがあの子たちのことをニュースで紹介した。たった二分ほどだったが、影響力は馬鹿にならん。一瞬ちらっと映ったあの子たちがどんなものか、確かめたくて集まった。そういう頭の悪いガキは大勢いる。今日来たのは氷山の一角だ。男が馬鹿ばっかりだってことは知ってるだろ」

「知ってる」

由花がちらりとぼくを見てうなずいた。何ですか、その目は。

「そんなのは最初だけですよ」座り直したぼくは口を開いた。「一度見ればそれで終わりだ。あの子たちはそこそこカワイイかもしれないですけど、男の子たちを夢中にさせるようなルックスの持ち主じゃない。歌だってダンスだって中途半端だ。アイドルだって言い張ってるのはサトケンさんだけなんです。適当なことを言うのは止めてください。もう終わりにしましょうよ」

「本当におめえは何もわかってねえな」呆れたようにサトケンさんが肩をすくめた。「どんなスターだって、最初はひと山いくらのイモ姉ちゃんさ。どこにでもいる子なんだよ。リュー、少しは学べ。女は変わるんだ。成長する魔法がある。最初はダサダサだったのに、気づいたら飛びきりのいい女になってるのを見たことねえのか？　おめえの好きなモー娘のなっちはどうだった？　最初から輝いてたか？」

「それは……」

なっちこと安倍なつみがテレビ番組「ASAYAN」のオーディションの落選組だったのは、同世代に生きていたぼくたちの間で有名な話だった。そもそも、そのオーディションに落ちた五人を集めて、モーニング娘。は結成されたのだ。

「だろ？　今、KJHはどうなんだって言われたら、おれだって同じだ。今のあいつらはアイドルじゃねえ。だが半年先は？　一年後は？　どうだ、おれの言ってることはメチャクチャか？」

そんなことないです、と立ち上がりかけた由花を押さえ付けた。人はこんなふうに詐欺師に騙されるのだ。

「何を言われたって、ぼくは手を引きます。これ以上続けるのはどう考えたって――」

「ごもっともだ」

サトケンさんの話術は巧妙だった。押すところは押し、引くところは引く。保険会社の営業マンとして必須なのか、それとも生まれついての能力なのか。おそらくは後者なのだろう。

「じゃあ、こうしたらどうだ？　一週間待てよ。どうなるか反応を見るんだ。それでも辞めるって言うんならそうしろ。止めやしねえ」

「そんな悠長なことを言ってる場合じゃ……」

「いいじゃん」すっかり洗脳された由花がぼくを止めた。「一週間で何が変わるの？　それぐらい待ったって、仕事に支障はないでしょ」

理屈はその通りだ。一週間や十日で、ぼくの仕事がどうなるものでもないのはわかっていた。

それなら待ってもいいかもしれない。むしろ、このまま自然消滅するのを待った方がいいだろう。

別にサトケンさんのことが嫌いなわけじゃないし、同じ気仙沼に住む者同士、関係をこじらせたくはなかった。

「リュー、やりたいのかやりたくないのか、答えてもらおうじゃねえか」

「わかりました、一週間待ちましょう」

指を鳴らしたサトケンさんが、決まりだ、とテーブルのボタンを押した。

「乾杯といこう。ビールでいいか？」

近づいてきた店員に、中ジョッキを三つ、とオーダーした。うまく丸め込まれた感じもしたけど、まあいいだろう。ぼくは煙草をくわえた。

＊

ＫＪＨ49の公式ホームページは、ずいぶん前に作ってあった。友達のウェブデザイナーに頼んで、メンバーのプロフィールとかメール送付用の板なんかを使えるようにしてある。それだけのものだ。

コンサート出演後、数日の間に、メールが送られてきていた。そんなに多いわけじゃない。一日十件程度だ。

一週間待つと約束していたので、時々チェックしていた。サトケンさんはホームページの管理もぼくに押し付けていたのだ。

メールに目を通してみると、感想はさまざまだった。頑張ってください、という激励の言葉もあったし、アイドルとしてはDクラス、と評論家みたいなことを言う奴もいた。

MJがカワイイとか、曲がダサいとか、そんなのもあった。曲についての批判はぼくの権限で削除した。ゴメンなさい、だってマジでヘコむんだもの。

総体的に見て、メールの内容は可もなく不可もなしだった。誉《ほ》められたりけなされたり、賛否両論だ。そんなものなんだろう。

それはいいとして、メンバーになりたいけど、どうしたらいいですかという問い合わせメールが届いていた。六件、もちろん全員女の子だ。

コンサートでKJHのステージを見たのだという。自分もやってみたい。歌ってみたい、踊ってみたい、ステージに立ってみたい、アイドルになりたい。

これを反応というかどうかは別として、彼女たちが真剣なのはよくわかった。どうするか決めるのはサトケンさんの役目だから、こんなメールが来ていますとだけ送っておいた。

どうするんだろう。どっちでもいいんですけど。ぼくの関知するところじゃない。

日曜の夜、気仙沼に来ていた由花と居酒屋で飲んでたら、サトケンさんから電話があって、新たに応募してきた子たちを明日の練習に呼んだから来いと言われた。ぼくとしては辞める気満々だったのだけど、これが最後のご奉公だと思うと断れなかった。

どっちにしても、サトケンさんにはもう一度会うつもりだった。やっぱり辞めますとメールなんかで一方的に通告するのは、ぼくの流儀じゃない。きちんと伝えるべきだ。

もうひとつ、六人の女の子を見てみたいということもあった。今いる四人のようにステージに立ってみたいというのは、つまり歌とダンスがカッコよかったということなのだろう。曲がよかったんで、とか言ってくれるかもしれないじゃないの。

「そうだ、若菜と高山から連絡があった」言い忘れてた、とサトケンさんが付け足した。

「辞めたいらしい」

「そうなんですか？」

スマホを耳に当てたまま、ぼくは首を傾げた。どうしてだろう。コンサートの後、一番はしゃいでいたのは若菜だった。

またテレビ出られる？と何度も聞いてたし、何だかんだ言っても楽しかったと繰り返していた。若菜が辞めたいという理由は、見当がつかなかった。

ＭＪにしてもそうだ。四人の中でＭＪがダントツに踊れるし、ダンスしたいという気持ちが伝わってくる。十歳だけどセンターを堂々とこなしていた。またステージに立ちたいと言っていたのに、なぜだろう。

「五時半に来てくれと言っておいた」サトケンさんもよくわからないらしく、珍しく歯切れが悪かった。「おめえも話を聞きたいだろ」

「そうですね。ちょっと気になります」

そういうことでヨロシク、とサトケンさんが電話を切った。わからないなあと由花に話すと、そりゃ直接聞かないとね、と言った。

そういうわけで、翌日の月曜、最終の新幹線で帰ることになっていた由花とレッスン場へ行った。サトケンさんと若菜、そして高山が待っていた。MJはいなかった。

「どうして辞めてえんだ？」

ぼくと由花が床に座ると同時に、サトケンさんが聞いた。

「辞めたいから」

むすっとした顔で若菜が答えた。暗い声だった。

「辞めるのはいい。だが理由は言ってくれ。おれたちに文句があるって言うんなら——」

「そうじゃない」

若菜の口が素早く動いて、また閉じた。どうしてだ、とぼくも声をかけた。苦しげな表情に、気になるものがあった。

「サトケンさんの言う通りで、ぼくたちに辞めたいっていうのを止める権利はない。でも、これからのこともある。新しく入りたいって言ってきてる子たちがいるんだ。何か理由があるんなら、言ってもらえれば今後の参考になる」

「辞めたいの。もういいでしょ？」

「待てって。若菜が一番楽しそうにしてただろ？　ぼくにはそう見えたよ」

ちょっと、と由花がぼくのシャツを引っ張った。

「ケーサツの尋問じゃないんだから、もうちょっと聞き方があるでしょ」

「そうだけど……」

ぼくたちは若菜を見つめた。何も言わない。ただ、辛そうだった。それとも、何かに怒ってるのか。

「申し訳ないが、うちの子も辞めさせたいと思っています」

眉間に深い皺を刻み込んだ高山が言った。それもわからん、とサトケンさんが首を振った。

「入れてほしいと頼んできたのはあんただ。ＭＪにはダンスをするための場が必要だと言ってたよな。そうなんだろう。ＫＪＨに参加して、あの子は喜んでた。あんたもだ。どうして急に辞めるなんて言い出す？」

ひとつ大きなため息をついた高山が若菜に目をやって、スーツの内ポケットから折り畳まれた数枚の紙を出した。

「これは？」

「ネットの掲示板への書き込みをプリントアウトしたものです」

「ネット？」

受け取ったサトケンが目を通してから、ぼくと由花に回した。〈インチキアイドルＫＪＨに関するスレ〉というタイトルが目に入った。

「ちゃんねるＱという巨大掲示板への書き込みです」高山が説明した。「これだけじゃありません。他の掲示板サイトにも、似たようなスレッドが立っている。知りませんでしたか？」

知らねえな、とサトケンさんが口元を歪《ゆが》めた。この人はまだガラケーを使っているぐらいで、ＫＪＨについてネットをチェックするような面倒臭いことはしない。

本来ならぼくがその役割なのだけど、何しろ辞めるつもりだったから、いちいちネットを検索する気はなかったし、こんなスレッドが立っているなんて考えてもいなかった。

『ローカルアイドルを名乗って金儲けをたくらむクソ女どもについて語りませんか？』

最初の一行がそれだった。何だ、これ。誰がこんなことを？

「『13日の気仙沼コンサートに出てきたブス４人組を見た？　ＫＪＨ49だって。モロＡＫＢじゃん』って書いてある」由花が読み上げた。「『大震災の被害者ヅラして、金でも恵んでもらおうってか？　どういうコンタンだ？　サイテー』……『ブスばっかじゃん。がっかり。

アイドルっていうんなら、もうちょっとまともな子にしてくれ』……『歌もひどいし、ダンスもめちゃめちゃ。何だ、あれ？』……『ボランティアだって言えば何でもありじゃないでしょ。あーゆーのがサギっていうんだよ』『そんなに金がほしけりゃ、ステージで土下座でもすりゃいいんだ。100円ぐらいならやってもいいかな』……ひどいことばっかり」

目を伏せた高山が静かに息を吐いた。サトケンさんは由花が戻した紙を次々にめくっている。結構な数だな、とつぶやいた。

「いや、おれも知らなかった。そうか、あんたはこれを見て、MJを辞めさせようと思ったのか」

「里中さんも春日さんも、金儲けのためにやってるんじゃないことはわかっています」高山がぼくたちに目を向けた。「ましてや、被災者を装って詐欺行為を働こうというわけでもない。当然です。こんな手間のかかることをするぐらいなら、あの子たちを駅にでも立たせて寄付を募った方がよっぽど手っ取り早いですからね」

サトケンさんは肩をすくめただけだった。答える必要もないということなのだろう。

「わたしはわかっているつもりです。あなたたちはそんな人じゃない」

「いい人間だなんて思ってませんが、そこまで酷いことを考えるほど腐っちゃいませんよ」

ぼくははっきりと言った。「サトケンさんだってそうです。妙なことを考えついたのはその通りですけど、誰かを騙そうとか、金が欲しくて始めたことじゃない。絶対です」

弁護するつもりはなかったけど、事実をありのままに言えばそういうことになる。誰が金のためにこんなことをする？　どんな馬鹿だって、無謀なのはわかるだろう。

サトケンさんがＫＪＨは将来莫大《ばくだい》な金を産むと言っていたのは、ぼくを引き留めるための方便で、本気でそんなこと考えていないのは最初からわかっていた。

「ですが、こういう書き込みがあるのも事実です」残念です、と高山が額に指を当てた。「無視すればいいとおっしゃるかもしれませんが、メリージェーンは十歳です。クラスメイトが読んだりすれば、何を言われるかわかりません。ひとつ間違えば、いじめにまで発展しかねない。そうなる前に辞めさせた方がいいと思いました。傷つくのはあの子なんです」

若菜が小さくうなずいた。この子もこういう書き込みを読んだのだろう。だから辞めたいと言っているのだ。

わかった、とサトケンさんが頭を下げた。

「気を遣わせて悪かった。ＭＪの親はあんただ。あんたが決めたっていうんなら、そうした方がいい。誰だってトラブルは避けたいさ。いろいろ申し訳なかった」

残念です、と高山が立ち上がった。若菜の目から大粒の涙がこぼれ、顔がくしゃくしゃに歪んだ。

「……うち、悔しい」後から後から涙が頬を伝って落ちていった。「悔しいよ。何でこんな……」

そっと手を伸ばした由花が若菜を強く抱きしめた。すすり泣く声がレッスン場に流れ出した。

＊

レッスン場に入ると、サトケンさん、リューさん、由花さん、そして若菜がいた。若菜の目は真っ赤だった。どうしたんだろう。

六時ちょうどに、聖子と知らない女の子たちが六人集まった。彼女たちがＫＪＨに入りたいと言ってるのは聞いてた。ホームページを通じて申し込んできたのだという。

「あの、どうしたんですか？」聖子が言った。「若菜、何で泣いてんの？　何かあった？　ＭＪは？」

全員、座れ、とサトケンさんがフロアを指さした。

「ＭＪは来ない。辞めた。若菜も辞めたいと言ってる」

「辞めた？」

あたしも聖子も訳がわからなかった。何で？　ＭＪが？　センターなのに？　どうして？

六人の女の子たちは何も言わず、首を傾げているだけだった。混乱しているのだろう。ぶっちゃけ、あたしたちだって同じだ。

サトケンさんが持っていた何枚かの紙をあたしと聖子に渡して、読んだら回せと言った。何なの？　これ。

プリントアウトされた紙を読み始めた聖子の顔色が変わった。あたしも自分の分に目を通した。体が熱くなった。何、これ？

そこにあったのは悪意の塊だった。バリゾウゴン。悪口のオンパレード。むかついて吐きそうになった。

どうして？　どうしてこんなことを言うの？

書き込みをしているのはコンサートを見た人なんだろう。たぶん、宮城かその近くに住んでる人達だ。

確かに、あたしたちはアイドルじゃないかもしれない。ブスかもしれないし、歌もダンスも下手なんだろう。アイドルとして認められないという意見はわからなくもない。

だけど、一生懸命やった。頑張ったのは嘘じゃない。

だから認めてほしいなんて言ってるんじゃない。ちゃんと見て、ちゃんとダメ出しされるんなら、甘んじて受け止める。完璧だなんて、自分でも思ってない。

でも、この人達はそうじゃない。ただ悪意がある。最初から最後まで悪意だけだ。匿名なのをいいことに、好き勝手なことを書いてあたしたちを馬鹿にしてる。そうやって喜んでる。その下劣さに吐きそうになった。

どうして若菜が泣いているのかわかった。あの子はこれを読んで、何もかも嫌になって辞めると言いに来たんだ。

聖子が顔を両手で覆った。読んでいた女の子たちも、不安そうにお互いを見ている。

「読んだか？」サトケンさんが手を左右に振った。「そういうことだ。えらい言われようだが、そういうふうに見る奴らもいるってことだ。誤解されたくねえからこれだけははっきり言っておくが、おれにも春日にも、金儲けをしようなんてつもりはこれっぽっちもない。やりてえからやっただけだ。だが、売名だ偽善だ詐欺だ、そんなことを言う奴はいる。今回だけのことじゃねえ。KJHが活動を続けていく限り、悪く言われ続けるかもしれん」

リューさんが拳で顔を拭《ぬぐ》った。辞めるつもりだとか言ってたけど、やっぱり悔しいんだろう。

これが現実だ、とサトケンさんが話を続けた。

「間違ったことをしてるなんて思ってねえ。だが、おめえらが悪く言われて続けられるほどタフでもない。これはおれたちじゃなくて、おめえらの問題だ。どうするか決めろ。よく考えろ。どんなに酷いことを言われてもやりたいっていうんなら、おれたちはどこまでだって手を貸す。そんなことできないって言うんなら、今日で終わりにしよう。やりたいのか、やりたくないのか、よく考えろ、自分たちで決めるんだ」

顔を見合わせていた六人の女の子たちが、囁きを交わしている。あの、と一人の子が立って、ゴメンなさいと言った。もう一人がそれに続く。

何も言わなくていい、とサトケンさんが出入り口を指さした。

「気にすんな。気をつけて帰れよ」

二人が出て行った。残った四人も居心地悪そうにしている。

あたしはもう一度プリントアウトに目をやった。刺《とげ》のある言葉が胸を突き刺した。若菜が辞めると言った気持ちがよくわかった。気がつくと、涙で頬が濡《ぬ》れていた。どうしていいのかわからない。怖くて、これ以上続けられないって思った。

それに、この人達が言ってることも的外れってわけじゃない。あたしたちがアイドルなんかじゃないっていうのは本当だ。

ルックスもセンスもキャラもスキルもない。なれっこないのはわかってる。無理だよね。あたしも辞めますって言おう。ここから出て行けばいい。サトケンさんは止めない。リューさんも、由花さんも。ママだってわかってくれる。

でも、何も言えなかった。動けなかった。何もかもが怖くなって、立ち上がることもできないでいた。

「やっぱり、うち、辞めない」隣で体育座りをしていた若菜が顔を上げた。「続ける。ゼッタイ見返してやる。負けたくない。本物のアイドルになってやる！」

聖子はどうだ、とサトケンさんが聞いた。続けたいです、と唇から言葉がこぼれた。

詩織はと聞かれて、何も答えられなかったけど、わかった、とサトケンさんはうなずいた。

何も考えられなくなっているあたしのことを、仕方ないと思ったのかもしれない。

「おめえはどうだ」

サトケンさんが横に目を向けた。続けますよ、とリューさんが平手で床を叩いた。

「一人でもやりたいっていうんなら、ぼくも一緒にやらせてください」

リューさんの中で、何かが変わったみたいだった。若菜と聖子があたしの手を取って、やろうよと言った。

残っていた四人の子が見てる。一ミリだけ、あたしはうなずいた。

それから一時間ぐらいみんなで話し合って答えを出した。レッスン場から出て行く子はいなかった。あたしたちは七人になった。

「それじゃ、練習を始めろ」

後は任せる、とサトケンさんがくわえ煙草で出て行った。ＭＪはいなくなったけど、ダンスは残ってた。

聖子が七人のフォーメーションを決めて、ポジションに着いた。リューさんがＣＤデッキのボタンを押すと、曲が流れてきた。

「そうだ、ひとつ言い忘れてた」

出入り口の扉からサトケンさんが顔を覗かせた。

「潮見町《しおみちょう》の役場から出演依頼が来てる。再来週の土曜、斑玉《はんたま》神社のお祭りで歌ってくれとさ。次のステージはそこだ」

頑張ってくれ、と煙草に火をつけたサトケンさんが手を振ってにやりと笑った。練習するよ、と聖子が叫んだ。

＊

「もしもし？」

「はいはい？　どした？」

その日の夜中、ぼくは由花に電話をかけた。四時間ほど前、彼女は気仙沼から東京に帰ったばかりだったけど、どうしても話がしたかった。

「ゴメンね、途中で帰っちゃって……あれからどうなった？」

続けることにした、とぼくは言った。どうしてそんな気になったのか、自分でもわからない。

ただ、あんなふうに掲示板に書き込みをされているのに、ここで辞めたら逃げることになると思ったのは確かだ。

「成り行きだけど、それはしょうがない。ただ、だったら次の曲を書けってサトケンさんが言い出して……」

「書けばいいじゃん」

「簡単に言うなよ。それとこれとは話が違う。スタッフとして残ろうと思ってるし、あの子たちの応援をしたいのも本当だ。でも、曲を作るのは――」

「だって、他にいないでしょ？」

「そういう問題じゃない。『ありがとうの言葉』だって、ようやく捻り出したんだ。向き不向きってものがある。ぼくにアイドルの曲を作れなんて、どうかしてる」

「それ、サトケンさんに言った？」

「言ったさ。だけど聞いてくれない。小室《こむろ》だってつんくだって、全部の曲を書いただろって。二十一世紀のアイドルはそういうもんだ、トータルの世界観が必要なんだって」

「秋元康もそうだよね」

「どうしてそーゆープロと一緒にするのかなあ」ぼくはため息をついた。「あの人達とは違う。それも言った。だけど、おめえが書くんだって、それしか言わない」

「ふうん」

やっぱりあの人は頭がおかしいと思うんだ、とぼくは声を潜めた。

「ぶっちゃけ今どきの高校生なら、それっぽい曲が書ける。そうじゃなくても、音楽をやってた人はたくさんいるさ。テクニックの面だけ取っても、ぼくより上手い人は大勢いるだろう。アイドル向けの楽曲を得意にしてる人だって、探せばゼッタイいるさ。そういう人に頼んだ方がいい曲ができる。どうしてぼくなんだ？」

「聞いてみた？」

「聞いた。ぼくじゃなくてもいいでしょうって」

「そしたら？」

「おめえじゃなきゃダメだって。おめえはプロで、才能があるからって言うんだ。プロじゃないっていうのは何度も説明した。十年東京でチャレンジし続けて、それでもプロになれなかった。才能があったら、とっくにレコード会社と契約してる。だいたい、あの人に音楽がわかると思うかい？　フェイバリットソングは島倉千代子さんだぞ？　悪いなんて言ってない。『からたち日記』は名曲だ。でも半世紀以上前の曲だ」

「そうだよね、サトケンさんに今の曲は似合わないよねえ」

「言ってやったさ。何言ってるんですか、何がわかるんですかって。だけど、おめえには書けるって、それしか言わない。どうかしてるんだ」

「結局、どうすんの？」

「しょうがないだろ、何言ったたって無駄なんだ。話し合いにもならない。とにかく書けって、その一点張りだ。面倒になって、わかりましたよって答えた。あと一曲だけですからねって念押ししたけど、それもどうなるんだか」

「言っちゃったもんはしょうがないよね」由花が同情するように言った。「やるしかないんじゃない？」

「失敗した。何でやるなんて言っちゃったかなあ」

ぼくはため息をついて、ぬるくなってしまった缶ビールに口をつけた。

「あの人、弁は立つんだよ。説得力っていうのとはちょっと違うんだけど、要するにワガママなんだ。たぶん一人っ子なんじゃないか？」

「書きなよ。あたしも聴きたい」

「由花までそんなこと言うの？　何でかなあ……カンベンしてくれよ」

「そりゃ、書けるからだよ」

聴いてみたいなあ、と由花が笑った。馬鹿にしてんのか？

「何とでも言えばいいさ。とにかく約束しちゃったからね。書くことは書くよ……ねえ、それでどうする？　ぼくも一回東京へ行った方がいいよね。由花のお父さんとお母さんに挨拶しないとまずいだろ？」

「フツーそうでしょ。お嬢さんを幸せにしますとか言ってよ。言えるの？」

「……努力します」

「頼むよお。スーツ持ってたっけ？　もうちょっと髪、短くした方がよくない？　うちのお父さん、そーゆーのうるさいタイプだよ」

そりゃ困った、とぼくはスマホをスピーカーホンに切り替えた。夜は長く、まだまだ話は続きそうだった。

step 4 バッシング?

ぼくと同世代の人間の多くがそうであるように、パソコンは携帯電話と並ぶ電脳社会を象徴するアイテムだ。

ディープな部分にまで踏み込んだら、また別の話なのかもしれないけど、ぼく個人について言えばインターネットを使うに当たって不愉快な思いをしたことはほとんどない。

メールのやり取りや、ネットサーフィン、ちょっとした調べ物、そんなことをするには使い勝手のいいツールだと思っていた。

だからわからなかったのだけど、インターネットの暴力性について考えざるを得なくなるほど、KJH49へのバッシングは酷かった。

『結局、ブスがいくら頑張ったって、ムダなんだよね』

こんなのはまだいい方で、歌がヘタ、ダンスがダサい、曲が悪い、アイドルとしての水準に全然達していない、そんなネガティブな文字がどこまでも連なっていた。

ただ、それはひとつの評価の在り方だろうから、あえて言えば今後努力していく所存であります、ということになる。反省の糧にしようじゃないの、ぐらいのつもりはあった。

でも、そんなのはむしろ少数派で、圧倒的に多いのは被災者を装った詐欺行為だという一方的な罵詈雑言《ばりぞうごん》だった。

『イヤだよねー、同情してもらおうってコンタンが丸見えで』

『ホントの被災者に、あんなことして遊んでる余裕はないでしょ』

『どういうつもり？　次は何？　いくら欲しいの？』

『どうせ、裏で悪い大人が糸引いてるんだろ』

果てしなく悪口は続いた。ぼくの見るところ、そんなに大勢の人間が書き込みをしているわけではなさそうで、同じ奴らがしつこく何度もキーボードを叩いているんだろう。

その執拗《しつよう》さは執念とか怨念とかいうレベルじゃなくて、何というか宗教的な使命感さえ帯びているように思えるほどだった。

サトケンさんはぼくや由花、そしてメンバーたちに、あんなものを見る必要はないと言った。その通りなのだけど、ＫＪＨのホームページにまでそいつらは侵食してきて、一方的に悪口を掲示板に書き散らしていくから、嫌でも目に入ってくる。見れば腹が立つし、悪意の凄まじさに気分が悪くなるほどだった。

メンバーたちも動揺していた。そりゃそうだろう。あの子たちはただアイドルになりたいとか、人前で歌ってみたいとか、それぐらいのノリでＫＪＨに参加しているだけだ。学校のクラブ活動の延長と変わらない。それなのに、メチャクチャなことを書いてくる奴がいる。

何にも悪いことしていないのに、どうしてこんなふうに言われないといけないの？　そう言って、泣きながら辞めていくメンバーもいた。去っていく子たちのことを、サトケンさんは止めなかった。

ぼくの見るところ、百パーセントアイドル志望の聖子以外、全員いなくなるのではないかと思っていたのだけど、詩織みたいにふらふらしながらも続けていたり、新たに入りたいと申し込んでくる者もいたりして、ＫＪＨはとりあえずアイドルグループとしての形をキープしていた。

ひとつには、それだけのバッシングを浴び、応援してくれる者がほとんどいない中、ぽつぽつとイベントやお祭りへの出演依頼が舞い込んできていたということもあったのだろう。大震災から八カ月が経過しており、宮城県や近県でも自粛ムードが薄らいでいたのだ。

スケジュールが入ってしまえば、それに向かって動かざるを得ない。義務感と責任感が彼女たちを支えていた。

サトケンさんの大方針は、呼ばれたらどこへでも行く、というものだった。交通費と弁当代だけは出せと交渉し、ほとんどの場合了解された。まだ銭の取れる身分じゃねえからな、とサトケンさんは言っていたし、それはぼくも同意見だ。

メンバーは中高生だったから、平日は学校に行かなければならない。ただ、イベントの多くは土日に開催されていたから、スケジュール的な問題はなかった。呼べばすぐ来る都合のいい女の子たちという扱いだったのかもしれないけど、とにかく需要はあった。

もともと宮城県はお祭り事が多い土地で、ローカルアイドルというコンセプトの物珍しさや、景気づけということもあったのだろう。いろんなところから呼ばれるようになっていた。

そうなったのはサトケンさんの力によるところも大きかったことを言っておかないと、フェアじゃないだろう。本人は絶対言わなかったが、いろんなところに営業をかけていたのは、ぼくもわかっていた。

保険会社の営業マンという仕事柄、知り合いが多く、あらゆる階層に人脈があったため、それをフルに使って声をかけていたのだ。

サトケンさんには独特のキャラクターがあり、それは町でも有名だった。キレたら何をするかわからないという伝説も広く浸透していたので、一度ぐらい話を聞いてやらないと後が面倒になると思った人も多かったようだ。

ぼくのところにも、あの人はいったい何がしたいんだと問い合わせが何件もあったから、よほど広範囲に声をかけていたのだろう。

ただ、メンバーにそういう姿は一切見せなかった。サトケンさんの美意識では、裏方の苦労を演者にいちいち言う必要はないということらしい。

「おめえらはアイドルなんだ」

それがサトケンさんの口癖だった。学生アイドルのルールとして、学校にはちゃんと行け、成績は落とすなと厳命し、自分は缶ビールとセブンスターをやりながら、酒も煙草も男もダメだと三禁ルールを押し付けた。

説得力はなかったが、言わんとするところは理解できたのだろう。全員命令に従っていた。礼儀にも厳しく、いつでもどこでもきちんとした挨拶をしろと強要した。おはようございます、ありがとうございますと何度も繰り返させるその姿は、ある種の洗脳儀式にさえ見えた。

いつも笑顔で明るく元気よく、偉い人のご機嫌を取るのは当たり前だが、下っ端のスタッフにも優しく接しろと言った。いつかそういう奴が偉くなった時のためだ、と世渡り上手の罰当たりみたいなことも教えていた。

歌やダンスのスキルについてもうるさかった。本人はかなりな音痴だし、ステップのひとつも踏めないのだけど、気持ちが入っていなかったり、流して踊ったりしているような子に対してはメチャクチャに怒った。上手い下手はわからんが、ハートはわかるぞ、というのが決まり文句だった。

最初からいる詩織や聖子のことも、新しく入ってきた子も同じテンションで怒鳴り、好かれようとか、嫌なオジサンと思われたくないとか、そういう計算は一切なかった。

今の中高生にそのやり方が通じるかどうか不安だったけど、意外と大丈夫だった。ひとつには、サトケンさんが絶対に嘘をつかなかったからだろう。

その場しのぎで誉めたり、笑ってごまかすようなことをしないところは立派だとぼくも思った。彼女たちも、ストレートに感情をぶつけてくる大人に戸惑っていたのは確かだけど、信じていいと感じたのかもしれない。

メンバーたちのことを本気で考えていたのは間違いなかった。何か通じるものがあったのだろう。

もともとお節介で世話好きで、優しい人なのも確かだ。一度理解すれば、後は単純なキャラクターだから、それもメンバーの信頼を集めるためにはよかった。

うるさいけど、悪い人じゃない。それが共通認識だったようだ。

メンバーにはそれぞれ温度差があった。聖子のように絶対アイドルになりたいと本気で歌やダンスの練習に取り組む子、詩織みたいにどうしたものかと迷ってる子、あるいは若菜がそうだったけど、気の合う友達とサークル活動に参加してる感覚の子。

ぼくがわからなかったのは、詩織に対するサトケンさんの当たりが厳しいことだった。同じように歌い、踊っていても、詩織だけ注意したり、叱ったりする。

口が悪いのはいつものことだったから、メンバーたちがどう感じてたかわからないけど、何というか苛立《いらだ》ちのようなものがあるように思えた。

最初に出演したロックコンサートのステージでは、四人しかいなかったから、前も後ろもなく歌い、踊っていたけれど、人数が増えるにつれて詩織は自分から後列に下がっていくようになっていた。それは違うと思ったのかもしれないけど、そこは仕方ないんじゃないか。

おそらく、詩織がメンバーの中で一番繊細で、傷つきやすい。インターネットに溢《あふ》れていたＫＪＨへの悪口に心が折れてしまったのだろう。辞めなかったのが不思議なくらいだ。

もともと前に出るタイプじゃないし、フロントに立てば、また叩かれる。悪口を書かれる。怖くてできないというのは無理もない。

詩織が歌やダンスを一生懸命練習しているのは本当で、だけどどうしても気後れしてしまうというなら、無理にやらせるのは違うんじゃないか。ぼくや由花はそう思っていたけど、サトケンさんは不満そうだった。

詩織に対する叱責は他の子に比べて明らかにきつかった。こういうグループには叱られ役が必要だということもあったのかもしれないけど、詩織はその役割に向いてないだろう。大震災のショックで不登校になり、家に引きこもっていたという話は母親から聞いていた。ナイーブな性格なのは、見ていればすぐわかることだ。

だいたい、今の若い女の子の多くがそうだけれど、怒られることに慣れてない。どうなんだろうと思ってストップをかけたこともあったけど、サトケンさんは態度を変えなかった。

それってどうなのか。一度きちんと話し合わなければならないだろう。そのタイミングを計っているうちに、年末が近づいてきていた。

＊

月曜、いつもの練習を終えて着替えてたら、ちょっと、と肩をつつかれた。聖子が立っていた。

「来週の日曜のイベント、ダブルボーカルで行こうと思う。あんたがあたしとセンターで歌う。わかった？」

あたしじゃない方がいいよって手を振った。若菜でいいんじゃないかな。

「あの子にセンターは無理。ダンスの覚えが悪過ぎる」ちょっと尖《とが》った声で聖子が言った。

「日曜には間に合わない」

あのさ、とあたしはデニムに足を突っ込んだ。

「チームのリーダーは聖子だし、みんなもそれでいいって思ってる。でもさ、一方的に決めちゃうのはマズいって」

前から思ってたことだけど、いい機会だ。ちょっと言っておいた方がいいだろう。

ＫＪＨは気仙沼発のアイドルグループだ。設立趣旨はそういうことだったけど、集まってきたメンバーには考え方に少しずつ違いがあった。

聖子みたいに完全なアイドル志向の子もいるけど、そこまで考えてない子もいた。それはそれでいいんじゃないかって、あたしは思ってる。

どっちも正しいし、どっちも間違ってない。遊び半分で参加してくるのはさすがに違うと思うけど、楽しくなかったら続けられないよね。

でも、聖子の考えは違った。実力が劣る者はどんどんバックに回して、できる子だけをフロントに集めようというのがそのやり方だ。

あんまり露骨だから、ついていけないと辞める子も出てきてる。それってかわいそうじゃないかな。

「始まってまだ二カ月なんだし、みんないろいろ事情もある。KJHだけに時間を割くわけにいかない子もいるって。厳しいことばっか言ってると、みんな辞めちゃうよ」

「やる気がない子はいらない。だってKJHはアイドルになるためのチームなんだから」

「やる気はあるんだよ。だけど、歌だってダンスだって、すぐには上手くなれない。教えなくてもできる子なんて、そんなにいないって。少なくとも、できない子は切り捨てるみたいなこと言うのだけは止めた方がいいと思うんだけどな」

聖子にはそういうところがあった。なるべく早い段階でKJHをちゃんとしたアイドルグループにしたいという気持ちが強いんだろう。今日の練習でも、覚えが悪い子は下がって、みたいなことを大声で言ってた。

「みんな年下なんだよ。あんなこと言ったら、萎縮しちゃうって」

「あれぐらいでびびるんだったら、マジで辞めた方がいい」聖子がうんざりしたような顔になった。「考えが甘い。本気でやるんだったら、本気見せなさいよってこと。できない子に合わせてたら、前に進めなくなる」

そうだけど、とあたしはうつむいた。言ってることは間違ってない。でも、何かが違う。そんな気がする。

「あたしも言いたいことがある」聖子が鼻から息を吐いた。「甘やかしたらダメだって。あの子たちもそうだけど、自分のこともだよ」

「あたし？」

「できるのに、後ろに下がるのはおかしいよ。センターに立ちなって。何で逃げるの？」

「逃げてなんかいない」大きくなりかけた声を、ため息でごまかした。「向いてないし、目立ちたくもない。アイドルになりたい聖子とは違う。あたしはバックで十分なの」

「怖いの？　ネットで何か言われるのがそんなに嫌なわけ？」

答えずに、トレーナーを二枚重ねて着た。もう十二月で、寒さが厳しくなっていた。

「アイドルになりたくて、ＫＪＨに入ったんじゃなかったの？」

なりたくってなれるんだったら、世の中苦労しない。だってそうでしょ、あたしだよ。痩せっぽちで、胸もゼンゼンないし、顔だってそこそこだし、歌も普通だし、ダンスは踊れるぐらいのレベルでしかない。

そんなあたしがセンターに立ったって、どうせ悪口を言われるだけ。十八歳はもう夢みたいなことを言ってられる年齢じゃない。いいじゃん、放っておいてよ。

手早く着替えを済ませて、レッスン場の外に出た。聖子が何か叫んだけど、強い風が吹いてきて、聞こえなかった。

＊

十二月三十日、本和町《もとわちょう》にあるCDショップのイベントに呼ばれたあたしたちKJH49は、ショッピングモールの特設会場で『ありがとうの言葉』を歌った。これが年内最後のステージになるとわかっていたから、みんな全力でパフォーマンスした。

「お疲れさま」

控室兼更衣室で待っていてくれたのは、由花さんだった。今日集まった時、由花さんは気仙沼に越してきて、リューさんのお嫁さんになり、一緒に暮らすことになったという報告が本人たちからあった。

前からそうなると聞いてたから、そんなに驚かなかった。さようですか、ご結婚されますか。おめでとうございます。

でも、リューさんでいいんすか？　マジで？　どこがいいの？

それは余計なお世話というもので、あたしたちとしてはウエルカムな話だった。これからは本格的にKJHの活動を手伝うと、由花さん本人が言ったからだ。

ぶっちゃけ、サトケンさんもリューさんも男の人だから、女子のことを本当にはわかっていない。早い話、今がそうなんだけど、着替えの最中に二人は入ってこれない。そりゃそうだ。一ミリだって乙女の素肌を見せるつもりはない。

だけど、衣装トラブルとか、何かのアクシデントとか、誰かに助けてほしい時もあった。そのためには女性スタッフがいてくれないと困る。

前から由花さんにはイベントなんかの時にいろいろ助けてもらってたんだけど、これからは毎回マネージャー役で一緒にいてもらえる。ありがたやありがたや。

「常連さん、増えてきたじゃない」

由花さんがステージの方を指さした。あたしたちが歌っている時、正面で五、六人の男の子が腕を振り回して踊ってた。いわゆるオタ芸だ。最近ではコールもしてくれるようになっていた。

あの子たちは自然発生的に集まってきている。活動を始めて二カ月ぐらいしか経っていないけど、毎週ステージに通ってきてくれるありがたいファンたちだ。

ええと、ちょっと、その、キモいけど、でもキライじゃないよ、キミたち。

「それはいいんだけど」若菜が後輩たちの着替えを手伝いながら言った。「世間の目は冷たいよ。何かいろいろ言われてるし」

「ネットなんか見ちゃダメだって」聖子が注意した。「むかつくだけだよ」

わかってるけど、と若菜が暗い目になった。下の子たちもだ。あたしと聖子は顔を見合わせてため息をついた。

ＫＪＨの活動について、悪口を言う人は相変わらず多かった。掲示板の中には、今すぐ止めろと祭りが続いているところもあるらしい。

そーゆーのは無視してれば済んだけど、ホームページの掲示板にも書き込みはあって、それはどうしても目に入ってくる。あたしたちはそれぞれツイッターもしていたけど、そこにも悪口をつぶやいては逃げて行く人達がいた。

ホント、嫌だ。サイテーだよ、あんたたち。どういうつもりなの？

「気にしない気にしない」由花さんが言った。「バカなんだって、そんな連中。ヒッキーのオタクなんだから」

そうなんだろう。わかってる。だけど、何にも言い返せないのは悔しい。腹が立つ。正面きって言ってきなさいよ、ボコボコにしてやるから。

着替えを済ませて控室兼更衣室を出ると、サトケンさんとリューさんが待っていた。

「今年はこれで終わりだ。お疲れだったな」

サトケンさんがいつものにやにや笑いで言った。ありがとうございました、とあたしたちは揃って頭を下げた。

お腹空いたよ、と若菜が甘えた声でつぶやいた。リューさんが、ＣＤショップからの差し入れだと言って、全員にサンドイッチを配ってくれた。ありがたくいただいて、帰りのバスの中で食べることにした。

「新年は一月四日からだ。港ふれあい公園で餅つき大会がある」サトケンさんが最後に言った。「時間に遅れるなよ。わかったな？」

「はーい」

よいお年を、と三人が手を振った。どうなんだろう。来年、あたしたちはどうなるのかな。まあいいや、深く考えるのはよそう。あたしはバス停に向かって歩きだした。

＊

「これ、二曲目です」

焼いてきたCDを差し出した。ぼくたちはCDショップでのイベント終了後、近くにあった居酒屋に入ってプチ忘年会を開いていた。

慰労してやるとサトケンさんは言ったけど、そんなの信じてなかった。さっきから新しい注文をするたび、伝票が微妙にぼくの方に近づいてきてるのもわかっていた。

ヒレ酒を飲んでいたサトケンさんが、遅えじゃねえか、と文句を言った。

「全盛期の小室哲哉《てつや》は一日二曲作ってたっていうぞ。それに引き換えおめえときたら」

ストップ、と真ん中に座っていた由花が両手を広げた。

「いいじゃん、とにかくできたんだから。明日で今年も終わりなんだよ。年の終わりに揉《も》めることないでしょ」

由花ちゃんに言われると弱いな、とサトケンさんがCDをカバンに突っ込んだ。タイトルも聞いてくれないんですか？

「それでですね、そろそろこの辺で辞めたいなって思ってるんですよ」

ぼくはビールを飲みながらさらりと言った。あまり深刻な言い方はしたくなかった。

「まだそんなこと言ってんのか？」

サトケンさんが目をとろんとさせながら言った。聞いてた話だと、結構な飲ん兵衛《のんべえ》だということだったけど、寄る年波には勝てないのか、コップ一杯のヒレ酒を半分も飲まないうちに酔っ払ってしまったようだ。

「いや、ちょっと事情が変わってきちゃって」ぼくは由花の肩に手を置いた。「彼女がこっちに来まして、一緒に暮らすようになったんです」

「同じ話を何度も何度もしやがって、そんなに嬉しいのか？　言いたくて言いたくてたまんねえってか？」

「そうみたい」由花が目配せした。「昨日なんか、隣の猫ちゃんにまで言ってた」

「嘘は止めなさいって……とにかく、そういうことになりました。来年早々には籍だって入れるし、今だって事実上夫婦です」

おめでとう、とサトケンさんがぼくの手を握ってぶんぶん振った。

「これでいいか？　よかったじゃねえか、何の不満がある？」

「これからのことを考えると、言いたいこともありますよ」ぼくは顔をしかめた。「新婚ですよ？　でも、このままじゃ毎週土日はＫＪＨのイベントがある。平日は仕事です。どうしろって言うんです？　話す時間もないじゃないですか」

「何年つきあってんだ？　もういいだろ、くっちゃべってる暇があったら……」

「くっちゃべる以外にもいろいろあるんだよーん」

そう言った由花の肩をばんばん叩いたサトケンさんが、結構ですなと言った。

「由花ちゃんはそれでいい。女の子はそうじゃなきゃいけねえ。だが、リューは男だ。女房とべたべたしたいかもしれんが、そこはぐっとこらえて仕事をしろよ」

「してるじゃないですか。曲だって作ったでしょ？　サトケンさんがタッチしてない雑事だって、みんなぼくがやってるんです。あの子たちの親に毎日メールしたり、お金のことなんかもだ。練習にだって立ち会ってるし、とにかく時間が足りないんです」

「お、ユニコーンだな？」

「『すばらしい日々』の歌詞じゃないんです。サトケンさんとこみたいに、結婚生活二十年とかならそれでもいいんでしょうけど、ぼくたちはマジの新婚夫婦なんですよ。そりゃちょっともろもろマズいでしょう」

「お熱いことだ」

「もっと言えば、撮影の仕事は土日が多いんです。だけど断らなきゃならない。撮った写真の加工や納品だってあります。このままじゃ本当に収入がゼロになっちゃいますよ。とにかく二曲目まで書いたんですから、これで勘弁してください」

「金のことなら心配すんな。AKBだって最初はそうだった。劇場に十人しか客がいないところで、あいつらは歌ってたんだ。いずれどこかでブレイクする。そしたら作詞作曲をやってるお前はお大尽様だよ。つまんねえなあ、プロデューサーなんてよ」サトケンさんが大きく伸びをした。「由花ちゃん、あんたが羨ましい。あんたの亭主は印税成金になる。おれなんか目じゃない。今度脱税の方法を教えてやろう」

「ありがと」

「夢みたいな話に乗っかるんじゃないよ」ぼくはバンザイしている由花の両手を押さえた。「いつになったらそんなことになるって言うんです？　一年も二年も待てませんよ」

テーブルに届いた焼き鳥を丁寧に串から外していたサトケンさんが、椅子に背中をもたせかけた。

じっとぼくを見つめて、そうじゃねえだろとつぶやく。静かな声だった。

「もうやってらんないってか？　あれか、ネットの悪口が応えたか」

かもしれません、とつくねを口にほうり込みながら答えた。本当は、仕事の調整なんてどうにかなる。サトケンさんには、ぼくの本音が透けて見えているようだった。

「気にするなって言われても、やっぱりね……最近は少しずつ減ってきてますけど、愉快じゃないですよ。それに……」

「他にも何かあんのか」

世間の目って奴です、とぼくはため息をついた。もっと不愉快なことがあるのだ。

「つまらんことを言うなって言われそうですけど、やっぱりアイドルっていうのは……いい悪いの話じゃないんです。ただ、三十オーバーの男が、女子中高生を集めて何してるんだって笑われてるのも本当なんですよ」

「おれは四十五だぞ」

「そうですよ、サトケンさんだって蔭《かげ》でいろいろ言われてますって。いいオッサンがアイドルのプロデュース？　ロリコンビデオでも撮る気だろうって、本気で思ってる奴だっています。ぼくはそんなこと思ってませんよ。でも、一般的には大人がやることじゃないっていうのが、常識的な見方なんです」

「放っておけよ。好きに言わせときゃいいんだ」

「そうなんですけどね……だけど偏見っていうか、そういうのはあるんです。それがリアルってもんですよ。言ってませんでしたけど、NPO申請の件もそうです」

「NPO？」

由花が首を傾げた。サトケンさんに言われて、役所へ申請しに行ったんだ、とぼくは説明した。

「KJH49の活動を、NPO団体として認めてほしいって。うまくすれば補助金も出るし、それが無理でも公的な活動だと認可されれば、もっといろんなイベントなんかにも呼んでもらえるようになる。メリットは大きいんだ」

「頭いいねえ」

「でも、駄目だった。断られたよ」ぼくは肩をすくめた。「全部説明して、趣旨はよくわかりましたと言わせるところまではどうにかなった。気仙沼から日本に元気を発信するっていうのは結構なことですって、担当者のオッサンもうなずいてた」

「だったら認められるんじゃないの？」

「そう思ったんだけど、現実問題としては難しいですねって」

窓口で話をした担当課長の顔が頭をよぎった。どこにでもいる中年の男だったけど、薄笑いを浮かべていた。

「こう言ってたよ。最終的には議会の承認を得なければならなくなる。アイドルの活動を認めるっていうのは、ハードルが高いんですよって。前例もないし、理解されないでしょうだとさ。三回通って、答えは同じだった。世の中って、そういうもんなんだ」

そりゃ仕方ねえだろう、とサトケンさんがチェイサーの水を飲んだ。

「何だって初めてのことってのは、すぐ認められたりしねえ。しかも相手は役人だ。あいつらは面倒臭いことに係わりたくないんだ。粘りと頑張りで突破しろ」

「でも、それが世間ってもんなんです」ぼくは煙草に火をつけた。「アイドルとかアニメとか、そういうものは色メガネで見られる。偏見ですよ、そんなの。わかってますって、それぐらい。でも、認めてはくれない。やってることがうさんくさいのは、確かにその通りなんです」

「NPOのことを任せっきりにしてたのは悪かった」サトケンさんが片手で拝むようにした。「おれもちょこちょこ忙しくて、つい頼っちまった。年が明ければ時間もできる。おれも一緒に交渉するよ。どっかで風向きも変わるだろう」

「そうですかねえ」

「それはいいが、女の子たちのことを考えてやってくれねえか」サトケンさんがちょっとシリアスな口調になった。「あいつらには夢がある。応援したいと思わねえか？」

「そういう言い方されると」ぼくは苦笑した。「何もしないと、悪い人みたいになっちゃうじゃないですか。でも……」

「世間が笑うのは、そんな夢は叶《かな》わねえって思ってるからだ」サトケンさんが吸いかけのぼくの煙草を奪って口にくわえた。「できることとできないことがある、できないことに向かって突っ走るのはバカだと奴らは言う。無意味なことをしてどうするんだってな。だが、おれはそう思わない。アイドルになれたとかなれなかったとか、そんなのどっちでもいいじゃねえか」

「よくないですよ。頑張るためには、いろんなものを犠牲にしなきゃならないでしょ？」ぼくは新しい煙草をくわえて火をつけた。「時間やお金や学校とか友達とかボーイフレンドとか、何もかもです。それでもなれなかったら意味ないじゃないですか。あの子たちがアイドルになれる可能性はゼロですよ。本人たちだってわかってます。周りの人達もね。だから、みんな笑ってるんです」

おれはそう思わねえな、とサトケンさんが煙を吐いた。ぼんやり斜め上を見ていたが、人の煙草はうまくねえ、と灰皿に押し付けた。

「夢があって、それを叶えようとした。それで十分じゃねえか。勝った負けたは結果論だよ。百回負けたっていいじゃねえか。続けてりゃ、夢は現在進行形だ。死ぬまで追いかけりゃいい」

「死ぬまでって――」

「死んでも叶わなかったら？」由花が聞いた。「そしたらどうなるの？」

「しまった、しくじったって、ベッドの上でつぶやくだろう」サトケンさんがおかしそうに笑った。「失敗したってな。だけど、その一回だけだ。人間はな、諦めなきゃ負けねえんだ」

この人は頭がおかしいんだ、とぼくは改めて思った。そういうことじゃないでしょ？

「ま、もう少しだけ手伝え」よっこらしょ、とサトケンさんが立ち上がった。「正月四日から次のイベントが決まってるし、その後の話もいろいろ来てる。三月になりゃあ、大震災から一年だ。区切りにもなる。それまでは続けようぜ」

伝票を渡されたけど、突っ返した。ワリカンにしましょう、ワリカンに。

支払いを済ませて外に出た。なし崩し的に説得されてしまったけど、これでいいのだろうか。

「うー、寒い」煙草くれ、とサトケンさんが手を出した。「おれ、金がねえんだ」

「人の煙草はまずいって言ったじゃないですか」

ぼくのラークを箱ごと奪ったサトケンさんが、そうでもねえな、と一本くわえて火をつけた。

「雰囲気の問題なんだ」

じゃあな、と手を振った。サトケンさんは奥さんが車で迎えに来ることになっている。

よいお年をとぼくと由花が言うと、おめえらはいいな、とにやにや笑った。

「夫婦で年越しか？　やることやんのか？　由花ちゃんはいいケツしてる。ボコボコ子供を産みそうだ」

「そういう目で人の嫁を見るの、止めてください」ぼくは由花を自分の後ろに隠した。「サトケンさんこそどうなんですか？　お正月はどうするんです？」

「家族揃って紅白を見る。静かに除夜の鐘を聞いて、新年を迎える。そしてカミさんとやることをやる」

よいお年を！　とサトケンさんが右手を振り上げた。ぼくたちは歩きだした。

寒いね、と由花がぼくの手を握った。そうでもないよ、とその肩を抱いた。

＊

お正月。ああお正月、お正月。

思わず一句読んでしまうぐらい、正月は暇だった。一応あたしは十八歳で、女子高生という立場ではあるのだけれど、何しろ不登校だし、引きこもりとして家族からも認知されてる。いずれはどうにかしなきゃいけないけど、今のところ大学や専門学校に進むつもりはなかった。

ママはゆっくり考えればいいって言ってくれてる。パパもいろいろ不満があるようだけど、とりあえずは放っておいてくれてた。

何だかんだでＫＪＨの活動が年末まであったから、疲れてもいた。パーフェクトな寝正月をマンキツさせていただきましょう。

元日の朝、明けましておめでとうとか、テキトーなことをパパ、ママ、知佐に言って、あとはコタツでのんびりテレビを見て過ごした。

大震災があって、大勢の人が亡くなっていたから、年賀状こそ出さなかったけど、ハッピーニューイヤーのメールはそこそこたくさん来ていた。常識がないって言われそうだけど、中高生ぐらいならお正月の挨拶ぐらいはしておかないとね。

四月から高校生だよおおおおん、と涙マークがいっぱいついたメールを送ってきていたのは若菜だった。

うん、わかるよ。嬉しくないわけじゃないけど、ちょっと嫌なんだよね。高校生になるって、オバサンに近づくってことだもん。

高校のクラスメイトや、ＫＪＨの子たちからのお正月メールは、全部で三十通近くあった。ＫＪＨのメンバーは、ぽつぽつ増えつつある。

出たり入ったりがあるし、明日にでも辞めますとか言ってきそうな子もいるけど、十人態勢をキープしていた。最初、四人で始まったことを考えると、嘘みたい。

何人かメールし忘れてた子がいて、しまったしまったとつぶやきながら慌てて返事を書き始めた。電話がかかってきたのは、最後の一人、ヒバゴンへのメールを打ち終えた時だった。

スマホに表示された聖子の名前を見て、どうしたんだろって思った。あたしたちはめったに電話をしない。だってお金がかかるんだもの。だいたいのことはＬＩＮＥで十分だ。

「寝正月ですか」

聖子が独特の低いトーンで言った。あけましておめでとうぐらい言いなよ、とあたしは答えた。

「そういう気分じゃない」物憂げな調子だった。「大震災があったんだよ。お気楽にはなれないって」

そりゃそうなんだけど、その辺はあんまりマジで考えたくない。ブルーになっちゃう。

「スケジュール、見た？」

見た見た、とうなずいた。大みそかの夜、リューさんが一月と二月のイベント出演情報をホームページにアップしていたのだ。

「何かさ、すごい数だよね。毎週土日はほとんど全部だし、中には一日三ステージなんて日もあった。うちら、人気出てきたのかな」

「そういうわけじゃないんだろうけど」聖子は冷静だった。「ギャラがいらないから、呼ぶ方も賑《にぎ》やかしにちょうどいいぐらいに思ってるんだ。今はそれでいいと思うけどね。サトケンさん流に言えば、ゼニ取って見せられるような芸じゃないっていうのはホントだよ」

おっしゃる通りですけど、その辺はあんまりハッキリ言わない方がよろしいんじゃないでしょうか。

「それでさ、ちょっと話っていうか、相談があるんだけど」聖子はそのために電話をかけてきたようだった。「あたし、四月から大学行くでしょ」

わかってる、とうなずいた。推薦が本決まりになって、仙台にある新設の私立大に行くことになったという話は年末に聞いていた。

「三月までは気仙沼だけど、四月からは仙台暮らしってことになる。ＫＪＨの活動は続けるよ。土日のイベントなんかには出るし、月曜の練習にも参加するつもり。でも、今まで通りってわけにはいかなくなる」

仕方ないよね、と答えた。同じ宮城県だけど、仙台って意外と遠い。大学へ行くのは聖子が決めたことだし、いいと思うけど、正直なところあたしにとっては悩ましい問題だった。

「あんたがダンスや歌の練習を一生懸命やってるのはわかってる」聖子の声が少し高くなった。「だけどステージに立つと、他の子にポジション譲って、下がっちゃうじゃない。いいかげん、何とかならないかな」

刺のある言い方に、しょうがないでしょ、と思わず言い返した。

「みんながみんな前に出たら、バランスがおかしくなっちゃう。センターは聖子なんだから、聖子を中心としたフォーメーションを取るのは――」

そうじゃない、と聖子があたしの言葉を遮った。

「怖いんでしょ？　振り付け間違ったり、歌詞が飛んだらどうしようとか。そんなことになったらカッコ悪いし、またネットで叩かれる。それが嫌で、逃げてるんだ」

「そういう言い方、ないんじゃないかな」正月早々、面倒臭い電話かけてくることないでしょ。「聖子みたいに、自信ないもん。経験もないし、ステージに慣れてない。逃げてるとかじゃなくて、みっともないことしてみんなに迷惑かけたくないし」

「ネガティブだね」

「現実をわかってんの。いいんだって、別に。そういうつもりでやってるんじゃない。KJHにいれば、ちょっとだけアイドル気分になれる。それであたしは十分なの」

「だけどさ――」

「いいじゃん、もう。やることはちゃんとやってるでしょ？　あたしのことは放っておいて」

聖子が何か言おうとしたけど、イライラして電話を切った。何なの、正月早々。ウザいよ。面倒臭いこと言うの、止めてくんない？　そういうの、もうたくさんなんだって。

あーあ、嫌な感じ。スマホをコタツの上に放った。

「しいちゃん、お雑煮食べる？」

ママの声が聞こえた。困ったなあ、お餅って太るんだよね。でも食べたい。

よっこらしょ、と声をかけてコタツから抜け出した。いかん、これじゃオバサンどころか、おばあちゃんっぽくない？

＊

三十歳にもなると、お正月というのもだからどうした的なところがあって、年が明けても新たな抱負なんかがあるわけじゃない。

大震災を経験した者でないとわからないかもしれないけど、生きてるだけで丸儲けという感覚があった。新年を迎えられただけでラッキーみたいなことだ。

おまけにぼくは嫁までもらった。年末、気仙沼にやってきた由花は、十年前からこの家にいますみたいな顔でオフクロの手伝いをしてる。なかなか平和でよろしい。

一月四日の水曜日、由花と市役所に行って婚姻届を出した。それなりに感慨はあったのだけど、あんまり言いたくない。だって、もったいないでしょ？

三が日の間だけ放っておいたパソコンを立ち上げ、自分の仕事とＫＪＨのホームページを確認した。

本業である撮影の仕事に新しい動きはなかったけど、ＫＪＨの方はなかなかなものだった。大みそかにホームページにアップした十二月中に来ていたオファーに加え、更にイベントの出演依頼がいくつも入っていたのだ。

成人式に来てほしいというオファーに至っては三つ重なっていて、その日の午後、餅つき大会の会場で会ったサトケンさんに伝えた。全部行くのは無理だろう。調整が必要で、それはサトケンさんの役割だ。

会場でサトケンさんはメンバー全員とぼくと由花にポチ袋を渡して、お年玉をやると威張った。百円玉が一枚入ってただけだったけど、気持ちということでありがたくいただいた。

ぼくはぼくで、焼いておいた新しい曲のCDをメンバーに渡し、今度の月曜までに聴いておくように言った。とりあえずメロディぐらい覚えておいていただきたい。

七日の土曜日、八日の日曜日は前から決まっていた青龍禅寺のお祭りがあって、KJHのメンバーたちは境内で歌い、踊った。正月気分の抜けていないお客さんが、寺とは不釣り合いな女の子たちのパフォーマンスを不思議そうに見ていた。

一月九日月曜日の夕方、ぼくと由花はいつものレッスン場に向かった。年が変わっても練習は変わらない。ルーティンな毎日が始まるのだ。

そう思っていたけど、由花と仮設商店街に入った時、様子がおかしいのがわかった。妙に人が多い。

新年だからなのかと思っていたけど、そうじゃなかった。仮設商店街全体がわさわさしていて、その中心になっているのはレッスン場の入っている建物だった。大勢の人がぐるりと取り囲んで、中を覗き込んでいる。

前から見物人はいた。商店街の人達や、暇にしている近所のオバサンたち、KJHへの参加を希望している女の子とその親なんかだ。

だけど、そんなレベルじゃない。数十人の見物人がそこにいた。

制服を着た女子高生。一眼レフを構えているメガネの男の子。にこにこ笑いながら立っている商店街のオジサンやオバサン。おじいちゃんやおばあちゃん、その孫たち。明らかにサラリーマンとしか思えないスーツ姿の男。OLらしい二人組もいた。

「何なの？」気味悪くない？　と由花が囁いた。「サトケンさん、借金でもしたのかな。取り立て？」

かもしれない、とぼくはレッスン場の鍵を開けた。

「どうしてだ？　いや、何人かは今までだって来てた。ここの人達はみんな暇だし、女の子たちが歌ったり踊ったりしてるのを見に来るのはわかる。だけど……」

いよいよ抗議に来たのかな、と思った。このレッスン場はフリースペースで、申し込めばどんな使い方をしても構わないことになっているけど、何人もの女の子が大声で歌ったりしていれば近所迷惑になるのはわかりきった話だ。

防音でもないし、ガラス一枚しかないのだから、音が漏れるのはどうしようもない。

建物の裏には住宅が数軒あり、いつかは苦情が来るのではないかと心配していた。どうしよう、ここを追い出されたら集まって練習する場所がなくなってしまう。

「ちょっと、あんた」

甲高い女の人の声がした。すみませんと先手を取って頭を下げたぼくの前に、ビニール袋が突き出された。

「あんた、ここの人だろ。女の子たちの世話をしてるんだよね」

「すいません、あの、うるさいことは重々承知しているんですけど――」

「これ、食べな」

顔を上げると、人の良さそうな笑みを浮かべたオバチャンが、ビニール袋を押し付けてきた。温かい。いい匂いだ。

「これは？」

「うちのコロッケ。揚げたてだからおいしいよ」

袋の中に、紙に包まれたコロッケが二十個ほど入っていた。オバチャンの顔に見覚えがあった。仮設商店街の一角に入っている森本屋さんだ。

「動くとお腹がすくからねえ。うちのは腹もちがいいんだ。ソースなんかいらないよ。ヤケドしないように気をつけな」

「あの、そんな……こんなにたくさん、いいんですか？　お金は――」

ぐふぐふ、とオバチャンが喉が詰まったような笑い声をあげた。

「いらないよ、そんなの。食べなって。女の子たちはまだ来ないのかい？」

「もうすぐ来るはずなんですけど……オバサン、ありがたいんですが、申し訳ないっていうか――」

いいからいいからとオバチャンが手を振った。

「お互い様だよ。腹が減っては戦はできぬってね。何もないよりゃマシだろ？」

ぼくはコロッケを押しいただいて、頭を下げた。どうしてだ？　どうしてこんなことを？

「あんたも食べなよ。奥さんの分もあるから。奥さんなんだろ？」

はい、と由花が答えた。あんたはメンチの方が良かったかねえ、とオバチャンが首を傾げた。

「いつでも来な。店はあそこの角っこだ。サービスするよ。その代わり……」

「その代わり？」

「あの子たちのサイン、もらえないかい？」一枚の色紙を取り出した。「寄せ書きみたいにしてさ、森本のオバチャンにって書いておくれよ。店に飾るから」

「構いませんけど、そんなことしても……」

ぐふぐふと笑いながらオバチャンが由花の肩をぽんぽんと叩いて、頼んだよと言った。後で届けますと答えると、ヨロシクねえ、と手を振りながら去っていった。

「……応援してくれてるってこと？」

そうみたいだ、とぼくはうなずいた。オバチャンはＫＪＨのどこを気に入ってくれたのだろうか。

おはようございまーす、と詩織と若菜が入ってきた。コロッケの袋を渡すと、レッスン場に悲鳴が響いた。欠食児童か、キミたちは。

＊

練習を始める前に話がある、とサトケンさんが全員を集合させた。ちょっと難しい顔になっていた。

「聖子の推薦入学が決まった。四月からは仙台で女子大生だ」

みんなが拍手をした。聖子が照れたように肩をすくめた。

「とりあえず三月までは今のまま行くが、四月からはそうもいかなくなるだろう」サトケンさんが話を続けた。「月曜の練習日にも、毎回参加できるかどうかわからん。場合によっては、ステージにも出られなくなるかもしれん。今までみたいに聖子に頼りっぱなしじゃ、どうにもならなくなる。そこんところ、自覚を持ってやってくれ。ヨロシク」

みんなが不安そうにお互いを見つめた。聖子はＫＪＨのリーダーで、センターで、言ってみれば大黒柱みたいな存在だ。

本当に抜けるようなことになったら、誰がみんなをまとめるのか。そう思っているのがよくわかった。

「でも、三月までは今まで通りだから」フォローするように聖子が言った。「なるべくKJHの活動に支障が出ないようにするつもり。そんな顔しないでよ、大学行きにくくなっちゃう」

カッコいいな、女子大生、と若菜が聖子のお腹に肘を当てた。

「ステキなお兄さんとか紹介してよ。うち、年上好きだし」

冗談でその場が和んだ。とりあえずしばらくは今のままやっていけるとわかって、みんなも安心したみたい。あたしもそうだった。

「じゃあ、練習を始めろ」サトケンさんが下がっていった。「後はヨロシクヨロシク」

聖子の合図で、全員がフォーメーションを取った。曲が流れ、ダンスが始まった。

戸口のところで振り向いたサトケンさんと目が合った。ちゃんとやってんのか、と言われたような気がして、思わず視線を逸らした。

＊

一月半ば、ぼくは鹿折《ししおり》までスクーターで行き、お客さんに写真を納品した。月曜だったので、今日も六時からKJHの練習がある。本業とKJHの両立は大変だ。

加工した写真をまとめたアルバムと請求書を渡してスクーターのエンジンをかけた。一度家に戻って、由花と一緒にレッスン場へ行くことになっていた。

「兄ちゃん、おい、兄ちゃん」

ぼくは顔を上げた。五十をいくつか越えたぐらいの小太りのオジサンが立っていた。ハンチングに紺のジャンパー、茶のコーデュロイのズボン。どこから見てもよくいる町のオヤジだった。

「ぼくですか？」

「他に誰がいる？　ちょっと来い」

「はあ？」

オヤジが手招きしている。何なんだ、こんなオヤジ知らないぞ。

「あんた、何とかって女の子たちのマネージャーだろ」

「マネージャーじゃありません。コンポーザーです」

元バンドマンとして、マネージメントにはノータッチでありたい、というのがぼくのこだわりだった。KJHに関しても、そこはサトケンさんに一任している。世話役ではあるかもしれないけど、メインはクリエイティブなのだ。

「何でもいい。ちょっと来い。いいから来い。ガタガタ言うな」

「いや、その、ぼくはこれから用事が……」

「ゴチャゴチャ言うな。来いって言ったら来い」

オヤジがぼくの襟首を摑んで歩きだした。犬じゃないんだからと言いたかったけど、引っ張り回されると従ってしまうのは、昔から変わらない最大の性格的な欠点だ。

今、新年の誓いを立てよう。犬脱却宣言。

すぐだとオヤジは言ったのだけど、一キロ近く歩かされた。着いたのは町外れにある寂れたスポーツ用品店で、看板に玉木スポーツ店とあったから、このオヤジは玉木というのだろう。

「何なんですか?」離してください、と手を払いのけた。「この店に何の用が?」

「入れ。おれの店だ」

玉木のオヤジが引き戸を開いた。ガラス窓に、小津泉《おづいずみ》中学校の生徒は二割引きという貼り紙があった。

「座れ」

レジに陣取ったオヤジが小さな丸椅子を指した。いいです、と言いながら辺りを見回した。

他に客はいない。典型的な地方都市の小売店だ。どうやって食べているのだろう。

「南町の紫市場で、女の子を集めて歌わせたりしてるだろ」

オヤジが鋭い目で睨みつけてくる。そうですけど、と身構えながら答えた。

「別に悪いことをしてるわけじゃ……でも、どうして知ってるんです？」

「知り合いに誘われて、あんたらの練習を見に行った。去年の暮れだ」

なるほど、とうなずいた。このオヤジはＰＴＡとか市の巡回指導員か何かなのだろう。

十代の女の子たちを集めて、よからぬことを企んでいると思ったのだ。そういう人達は、今までにも何度か来ていた。

「そんなんじゃねえよ。暇だから見に行っただけだ」オヤジが金歯を剝《む》き出しにして笑った。

「あの子たちはジャージを着て踊ってたな。寒くねえのか？　薄汚いなりをしてよ」

「そりゃ仕方ないでしょう。練習着なんです。ダンスはスポーツだから、汗をかいたりもするぐらいで、寒くなんかありませんよ」

「ま、そうだな」

案外素直にうなずいたオヤジが、キセルの先にシケモクを突っ込んで火をつけた。何時代の人なんだ？

「中学や高校の部活だって、そんなもんだ。うちはさ、近所の中学校の指定店だから、体操着だってジャージだって卸してる。だからわかるんだ。でもよ、アイドルなんだろ？　いけないよ、みっともねえじゃねえか。ひざ小僧のところが破れてる子もいたぞ」

「かもしれませんけど、放っておいてください」恥ずかしかったので、わざとつっけんどんに言った。「あの子たちだって、何着も替えを持ってるわけじゃないんです」

そうかい、とつぶやいたオヤジが煙を吐いて、レジ横の灰皿に吸い殻を捨てた。ゆっくりと立ち上がり、棚から段ボール箱を引っ張り出した。

「こいつを持ってけ」

「何です？」

「ジャージだよ」人の話を聞いてんのか、とオヤジが口を尖らせた。「去年の売れ残りだが、使ってない。新古品って奴だ。使いなよ」

段ボール箱の蓋を開いた。ビニール袋に入ったままになっている赤ジャージのセットがいくつもあった。

「あの、これを？　いいんですか、こんなにたくさん……」

聞いたよ、とオヤジがレジに戻って、ちんまりと座った。

「グダグダ文句言ってる馬鹿がいるらしいな」

オヤジが言ってるのは、ネットに悪口を書き込んでいる連中のことなのだろう。気にすんな、とまたキセルをくわえた。

「そいつらはな、悔しいんだ」

「……悔しい？」

「羨ましいって言った方がいいか？　嫉妬してるんだよ。あんなひでえことがあったのに、何でお前らは夢を持てるんだ？　そう思ってる」

うまそうに煙草をくゆらせた。

「……そうなんでしょうか」

「かわいそうな奴らなんだ。放っておけ。許してやれ」

「でも……」

「世の中、そんなに捨てたもんじゃねえぞ。奴らだってわかる日がくる」

吸うか、と差し出してきたキセルを断って、自分の煙草に火をつけた。喫煙ＯＫの店らしい。一本吸い終わったところで、ぼくは顔を上げた。

「そうでしょうか？　本当にそう思います？」

「思ってねえよ」

オヤジが苦笑した。ですよね。世の中、そんなに甘くないですよね。

「思ってなんかいねえ。信じてる。絶対だ。お前も信じてやれ。必ずわかってくれる」

手を伸ばして、ぼくの頭をくしゃくしゃにした。

「大丈夫だ。最悪、おれが応援してやる。不服か？　足りねえか？」

いいえ、とぼくは首を振った。頭を上げられなかった。みっともなくて、こんな顔見せられない。

「そいつを持ってけ」オヤジが段ボール箱を指した。「金なんかいらねえよ。本当は金の方がいいんだろうが、ほら、ウチもさ、いろいろ大変なんだよ。見りゃわかんだろ？」

カッカッカ、と大口を開けて笑った。ぼくも笑った。

「そんなもんしかないからさ。だけど、これだって何かの足しにはなるだろ？」

なりますと答えて、段ボール箱を抱えた。意外に重かった。

「あの、何て言ったらいいのか……改めてお礼に伺います。ありがとうございました」

頭を下げたぼくに、なあ、とオヤジが声をかけた。

「あの子たちの……何とかって歌、あるだろ。あれは悪くねえな。そうだ、『ありがとうの言葉』とかってあれだよ」

「……そう思いますか？」

「おれは都はるみ派だけど、あの曲は悪くねえ。おれは好きだね」

もう一度深く頭を下げてから、ぼくは外へ出た。振り向いて店の中を見ると、もうオヤジはレジのところにいなかった。

「ありがとうございました！」

大声で叫んでから、歩きだした。気がつくと、駆け足になっていた。

＊

タイガーマスクからプレゼントだ、とリューさんが段ボール箱をレッスン場の床に置いた。開けてみると、きれいな赤ジャージが何セットも入っていた。

「どうしたの、これ？」

あたしが聞くと、だからタイガーマスクが来たんだ、と訳のわからないことを言い出した。リューさんは新婚ボケなんだろう。あたしは他のみんなにジャージを配って回った。

タイガーが来たのか？　とサトケンさんが騒いでる。ダテナオトか？　それともサヤマサトル？　とか言ってたけど、オヤジギャグはわかんない。

ビニールを破って取り出すと、タグがついてたから新品だってわかった。みんなキャーキャー言ってる。そりゃ嬉しいよね。

たかがジャージ一枚って言うかもしんないけど、新しいのを買うお金なんてない。着たきり雀《すずめ》だったから、ジャージでも何でも新しいというだけでありがたかった。

「これ、オヅ中のイモジャージだよ」中学生の若菜が叫んだ。「ダサ。でも、まあいっか」

ジャージにダサいも何もないと思ったけど、とにかくありがたやありがたや。着替えまーす、と言いながら全員がトイレに並んだ。

聖子があたしの肩をつついて、今言おうよって囁いた。前から話してたことがあったのだ。どうした、とリューさんが振り向いた。ジャージ、ありがとうございますと、聖子が頭を下げた。

「ぼくじゃない。タイガーマスクのおじさんが……」

「リュー、どこからかっぱらってきた?」サトケンさんがにやにや笑った。「見直したぜ。やりゃあできるじゃねえか」

「サトケンさんも聞いて」聖子があたしを引っ張って、二人の間に入った。「マジでジャージのことは嬉しい。みんなも同じ。女の子だから、着古しのジャージで踊るより、気分が上がる」

「男だってそうだ。だろ?」サトケンさんがリューさんのお腹を軽く叩いた。「女房と畳は新しい方がいいって言うもんな。いや、おめえは新婚だから、その辺はわからんか」

真面目に聞いて、と聖子が大声で言った。

「これはこれでありがたいって思ってる。でも、ステージ衣装のことも考えて」

「ステージ衣装?」

「ワガママで言ってるんじゃなくて、今着てるのはもう限界。安物だから、洗濯すると色落ちしちゃうし、ちょっとマイクとかに引っ掛かっただけで、すぐにほつれてきちゃう」

それはメンバー全員にとって頭の痛い問題だった。とにかく質が悪いから、手洗いしなくちゃならないし、乾かすのも時間がかかってしょうがない。

聖子にそれを言ったのはあたしで、どうにかしないとって相談したのだけど、サトケンさんたちには言い出せなかった。ビンボーなお父さんにおねだりするみたいで、気が引けた。やっぱりこういう時、聖子は頼りになる。

「そりゃまあ、コスチュームショップの安売り品だからなあ」サトケンさんが困ったように頭をがりがり掻いた。「言いたいことはわかるが、プロ仕様のああいう服は高いんだよ」

「やっぱりあんな服は嫌だった？」申し訳なさそうにリューさんが言った。「でも、不潔とかそんなことはないと思うんだ。あれはショーパブとかでホステスさんが着るための衣装で……」

「それはそれでいい」聖子が首を振った。「そんな贅沢《ぜいたく》言える身分じゃないってわかってる。ショーパブでもホステスでも何でもいい。だけど、マジでヤバいんだって。踊ってる最中に破れちゃうかも」

それは冗談だけどってあたしが横から言ったら、サトケンさんもリューさんもほっとしたような笑みを浮かべた。オジサンとのコミュニケーションって難しい。

でも、そろそろっていうのはマジなの、と聖子が言った。

「安くないっていうのはわかってる。自分じゃ買えないし、買ってなんて親には言えない。でも……」

聞いてて哀しくなってきた。

「安いコスプレの衣装だったら、五千円からあるんだ」リューさんが言った。「それは調べてある。だけど、ちゃんとしたのを買うと最低でも三万する」

「今、メンバーは十一人だ。トータル三十三万？　ちょっと待ってくれ」サトケンさんが青い顔になった。「そりゃなかなか……悪いが、もうしばらく今の衣装でもたせてくれ。考える。いろいろ当たってみるから」

すいません、とあたしたちはそれぞれ頭を下げた。そうだよね、三十三万はキツいよね。

「おねだりっていうんじゃなくて」早口で弁解した。「ただ、ホントにちょっとマズいから……」

わかってる、とサトケンさんが真剣な表情でうなずいた。

＊

二月になった。3・11イベントの出演依頼が十件以上来てる、とサトケンさんがレッスン場に行く前に喫茶店でコーヒーを飲みながら言った。

「すごいよね、偉くなったよねえ」

感心したように由花が手を叩いた。当たり前だが全部は出れねえ、とサトケンさんが顔をしかめた。

「結局はひとつに絞らなきゃならん。そこはしょうがねえ。なるべく客がたくさん集まるイベントに出してやりたいと思ってる」

そりゃそうだ、誰だってそう思うだろう。方針はオッケーだし、どのイベントに出演するかを決めるのはサトケンさんの役目だから、そこはお任せしますと言った。

「何だかんだで三曲目もできました。今月中には、もう一曲完成させます」

「やればできるじゃねえか」

必要に迫られれば、人間は思ってる以上の力を発揮する。曲を作らざるを得なくなったのは、出演依頼の内容が変わってきていて、十分あるいは二十分のステージをお願いしたいと言われることが多くなっていたからだ。

いくら何でも一曲で十分はもたない。二曲だって怪しい。急遽《きゅうきょ》三曲目を書いて、勢いで四曲目に取り掛かった。必要は発明の母というけど、作曲の母でもあるのかもしれない。

「四曲あれば、二十分ぐらいどうにかなるでしょう。歌もダンスもスキルは上がってます。MCを挟めば、それなりのパッケージが完成しますよ」

「そこは任せる。由花ちゃんと相談して、うまくやってくれ」

「それはいいけど、衣装とヘアメイク問題はそのままだよ」由花が手を挙げた。「ヘアメイクはまだいい。あたしも少しは手伝えるし、本人たちも慣れてきてる。でも、衣装はホントにヤバいって。先週の野外イベント、雨の中歌ったでしょ？　色も落ちちゃって、もうどうにもなんない。ショーパブ感丸出しだし、どうにかなんない？」

しょせん五千円の衣装だから、生地は粗悪だ。今までもどうにかごまかしごまかしやっていたのだけど、由花の言う通りここのところ劣化が酷くなってきているのは本当だった。

「実はおれもそう思ってる」

サトケンさんが珍しく素直に認めて、参ったな、とため息をついた。

「ちょっと考えさせろ」

お願いします、とぼくと由花は代わる代わる頭を下げた。でも、どうにもならないんじゃないかなあ。

＊

三日後の午後二時、ぼくは一張羅のスーツを着て、赤岩館上《あかいわかんじょう》のショッピングモール、ムーンオンの駐車場にいた。

　サトケンさんと待ち合わせていたのだけど、一番いいスーツを着てこいというのが唯一の指示で、他には何も聞かされていなかった。

　珍しく五分ほど遅れてサトケンさんがやってきた。営業の外回りを抜けてきたのだろう。普段通り、吊るしの背広姿だった。

「早えじゃねえか」

「道が空いてたんです。それはいいですけど、いったい何なんです？　メール一本で呼びつけるなんて、ぼくだって仕事があるんですけど」

「来たじゃねえか」

　頭のてっぺんから爪先までチェックしていたサトケンさんが、まあいいだろうと言った。何なんですか、ホントに。失礼過ぎないか？

「まさか買い物につきあえとか、そんなことじゃないでしょうね。だとしたら、マジで怒りますよ」

「買い物はあるよ」サトケンさんがメモを広げた。「カミさんに晩メシの材料を買ってこいと命令された。言われた通りしねえと、家に入れてもらえなくなる」

「何言ってんですか？」

「キャンキャン吠《ほ》えんなよ。ここに用事があるんだ。アポは取ってある」

「アポ？　誰とです？　何の話ですか？」

「タカりに来たんだ」時計を見たサトケンさんが、まだいいなと煙草に火をつけた。「そりゃアポぐらい取るさ」

「誰からタカる気ですか？」

世間ではこういうのを冗談と言うのだろうけど、サトケンさんに限ってはそれじゃ済まない場合があることを、この数カ月でぼくは学んでいた。

「店長に決まってんだろ。タカりはな、一番偉い奴からだ。下々の連中に言ったって始まらねえ」

「何をタカるんです？」

「メンバーの衣装だよ。どうにかしろって由花ちゃんも言ってただろ？　どうにかするには、こうしなきゃならん」

「ムーンオンの店長に、衣装をくださいって言うんですか」

「できれば金も出してもらいたいぐらいだ」サトケンさんが鼻をほじった。「おれたち気仙沼市民が、ムーンオンにどれぐらい金を落としてると思う？　少しぐらい還元したって、罰は当たらねえだろう」

地方都市あるあるじゃないけど、ムーンオンのような巨大商業施設が市民に対して果たしている役割は大きい。市にとってその存在は、唯一無二のものと言っていいだろう。

　市民のほとんどがムーンオンに集まってくる。買い物をする主婦なんかはもちろんだけど、暇つぶしのジイちゃんバアちゃん、小学生から高校生まで、学生が集まれる場所もムーンオンしかない。奥様方にとっては社交の場でもある。

　ぼくもそうだけど、全市民が常連だと断言していい。約七万人の市民が集まる場所、それがムーンオンだった。

「その店長にタカるって言うんですか？　だからスーツを着てこいと？」

「おれはこんなツラだから、そっち系のコワモテが来たって間違いなく誤解される。騒ぎになったらタカれるものもタカれなくなる。その点、おめえはソフトなルックスだから、こういう時は好都合だ。おめえが説明して、衣装をゲットしろ」

　時間だ、と携帯灰皿に吸い殻を押し込んだサトケンさんが店の入り口に向かった。

　マジすか？　どうして前もって言ってくれなかったの？　心の準備もさせてもらえないんですか。

　本館二階の奥にある店長室に直行した。どこにあるか知っていたのは、あらかじめ下見していたからなのだろう。変なところで用意周到な人だ。

　ドアをノックすると、どうぞという声がした。先に行け、とサトケンさんが怖い顔で命令する。はいはい、わかりましたよ。

「失礼しまーす」

ドアを開けると、三十代後半の背の高い男が、背広の上着に腕を通しているところだった。きびきびした動きと小造りで端整な顔立ちから、都会の雰囲気が漂っていた。東京の人間なのかもしれない。

「店長の若松《わかまつ》と申します」名刺を差し出しながら、お座りくださいとソファを指した。「ええと、里中さんは？」

私です、とサトケンさんも名刺を出した。

「お時間割いていただきまして、申し訳ない」

「市役所のタカハタさんの同期だそうですね。あの人の紹介なら大歓迎です。いい方ですよね。大学が一緒だったんですか？」

「小学校ですよ。同級生のヤギヌマジュンナの縦笛を盗んで、なめあった仲です」サトケンさんが簡潔に説明した。「さっそく本題に入りましょう。こちらはうちの渉外担当の春日です。お願いしている件について、彼が説明します」

そうですか、と若松店長が向き直った。ちらりと腕時計を見たのは、忙しいんですよというアピールなのか、それとも他意はないのだろうか。

とはいえ、ある程度事情を説明しないとこっちの立場を理解してもらえないだろう。ぼくはKJH49の活動について、現状を話した。

店長は言葉少なく、要所要所でうなずくだけだった。嫌な顔こそしなかったけど、話しにくい相手なのも確かだ。

「そういうわけで、気仙沼から元気を発信していきたいというのがKJH49のコンセプトなんです」ぼくはぼそぼそと話し続けた。「ご理解いただきたいのは、営利目的で運営しているわけではないということで、一種のボランティアなんです。ですから、どうしても資金面で苦しいところがありまして……」

「それでわたしたちにスポンサーになってほしいと？」

店長が核心を突く質問をした。できれば、とぼくは頭を下げた。

「無理を言いたくはありません。ムーンオンさんが大震災の後、地域に大きな貢献をしてくれたこともわかっています。ですが、もう一度助けていただけないでしょうか。お金だと難しいというのであれば、さっきも申し上げたように現品供与というか、ええと、それが駄目なら衣装をレンタルしていただければと……」

何だか売れない商品の値下げセールみたいになってきた。どんどん条件を下げていったけど、店長は顔をしかめるだけだった。

「わかりましたから、顔を上げてくださいよ」

シニカルな口調で言った。ぼくのつたない説明でも、要点は理解してくれたらしい。

「よくわかるんですが、わたしには権限がないんですよ」

権限ですか、とぼくは目を見つめた。市役所の課長も、似たようなことを言ってたなあ。

「ムーンオンは全国に四百三十店舗ありましてね。わたしはその気仙沼店の店長に過ぎません。お金にしても衣装提供にしても、話を上に通さないとならない立場です。逃げ口上と取られるかもしれませんが、わたしもサラリーマンなんでね……段階を飛ばすわけにもいかないんですよ。その辺、ご理解いただけませんか？」

官僚的な回答に聞こえるかもしれないけど、公平に見て若松店長の言い分は間違っていなかった。何でもかんでも、なるほどわかりました、と言えるような立場じゃないのだ。おっしゃる通りです、とうなずくしかなかった。

「お断りすると言ってるんじゃありませんよ。預からせていただきたいんです。協力したいと思いますが、なかなか簡単にはね……」

「もちろん、お預けするのは結構なんですが、ご返答いただくまでどれぐらい時間がかかると考えればよいでしょうか？」

それは何とも、と店長が腕組みをした。

「今の段階では、なるべく早くとしか申し上げようがなくて……」

ぼくは隣を見た。若松店長の言ってることは筋が通っている。帰った方がよさそうだ。

でも、サトケンさんがぼくの足を思いきり踏んづけた。喋れ、ということらしい。

「来月、三月十一日で大震災からちょうど一年です」慌てて交渉を再開した。「東北各地で大きなイベントが開かれることが決まっています。KJH49もそこに出演します。そこで笑われるようなことはさせたくありません」

「三月ですか。どうでしょう」店長が額に手を当てた。「本店が何と言うか、ちょっと今答えるのは……無責任なことは言いたくないんですよ」

サトケンさんが足をどけた。若松店長の言葉に納得したのだろう。しょうがないですよねと囁くと、無言で立ち上がった。

まさか、暴力ですか？　それって本物の犯罪ですよ？

「あんたの立場はよくわかった」サトケンさんが上着を脱いだ。「すまんな、面倒な頼み事をして」

「そんなふうには思ってません」若松店長が首を振った。「ただ、わたしたちムーンオングループとしても、株主に対する責任があるんです。いろいろなお話をいただくんですが、きちんと精査する必要が……」

「あんたらにとってはメリットのない話だ、こっちには何も返せねえからな」

サトケンさんがワイシャツの袖のボタンを外し始めた。ネクタイを取ってぼくに渡す。何してるんですか。帰りましょうよ。

「おめえは黙ってろ。男と男の話をしてる」前ボタンも全部外して、ワイシャツを脱ぎ捨てた。「若松さん、それでもこっちの事情をわかってもらいたい。時間がないんだ」

「……だから？」

「力を貸せ」

それだけ言ったサトケンさんがズボンを脱いだ。最後にランニングシャツを床に捨てる。ブリーフ一枚の姿で立ちはだかった。

「すいません、ちょっとその……」ぼくは店長に何度も頭を下げながら、落ちていた服を拾い集めた。「勘弁してくださいよ。さっさと着て――」

「なあ若松さん、おれはただのオッサンだ。何にもねえ」ぼくの胸を突いてソファに押し込みながら、サトケンさんが凄みのある笑みを浮かべた。「情けない話だが、給料だってあんたみたいに高くない。流されちまった家のローンだって払わなきゃならん。要するに金がない」

「わたしだって、そんなに高給取りじゃありませんよ」

若松店長が顎を撫でた。たったひとつ、残ったのはこいつだ、とサトケンさんがちょっとたるんだ腹をぴしゃりと叩いた。

「あんたからはエリートの匂いがする。悪いなんて言ってんじゃねえぞ。勝ち組だって言ってるだけで、それはあんたが頑張ったからだ。だが、あんただっていつか病気になるかもしれねえ。その辺、神様は平等だ。あんたじゃなくても、家族がなるかもな。その時はおれが助けてやる。欲しいところがあったら持ってけ。全部やるよ」

「……助ける？」

「だから今回は助けろよ」

にやりと笑ったサトケンさんが胸を張った。何でそんなに偉そうなんですか？

「あなたの体なんかいりませんよ」若松店長が苦笑いを浮かべた。「もっと若い人の方がいい」

「贅沢だな」サトケンさんがぼくの顔を見た。「こいつは三十歳だ。こっちの方がいいってか？」

勘弁してください、とぼくはソファから飛び降りた。腕組みを解いた若松店長が口を開いた。

「断ったらどうします？」

「ブリーフを脱いで店の中をうろついてやる。それでも足りなきゃ、あんたの家に押しかける」

どうする、とサトケンさんがブリーフに指をかけた。しばらく黙っていた若松店長が、それは困りますねとつぶやいた。

「まず服を着てください。それから話をしましょう」

「嫌だ」

「そう言わずに……スポンサーの件は早急に上と話します。約束しますよ」

「本当か？」

「イエスノーについての責任は持てません。自慢じゃありませんが、そこそこ大きな企業です。社内ルールだってあります。そこはわたしに任せてください」若松店長がうなずいた。「その代わり、衣装についてはわたしの権限で提供しましょう。レンタルなんてケチなことは言いません。どれでも好きなものを持っていけばいい。サイズだってあるでしょう。売り場の担当者に伝えておきます。女の子たちが自分で来た方がいいんじゃありませんか？」

済まんな、と片手で拝んだサトケンさんが、ズボンを拾い上げて足を突っ込んだ。どこまでも態度はでかかった。

それから具体的にいつＫＪＨのメンバーが来たらいいかとか、そんな事務的な話をして、ぼくたちは店長室を後にした。

　ぼくは何度も頭を下げたのだけれど、いいから行くぞ、とサトケンさんはエスカレーターに向かって行った。

「いいか、リュー。こういう交渉事はな、相手の懐に飛び込んじまえばいい。それがケンカに勝つコツだ。覚えておけ」

「いや、ケンカじゃないですし」ぼくは言った。「本当におかしくなったのかと思いましたよ」

「若松みたいな奴は、かましゃあ一発なんだ」サトケンさんがパンチを空に飛ばした。「ツラを見りゃわかる。いくら田舎町とはいえ、あの若さで店長様ってことは相当なエリートだ。そういう奴は脅しに弱い。殴った方が話は早いんだが、それじゃ芸がないと思ってな」

　芸なんかなくていいんです、とぼくはため息をついた。若松さんがエリートなのはその通りだろうけど、だからって脅迫するのはどうなのか。

　本当はいい人なのだ。だから衣装提供だって了解してくれた。

　たまたま振り回したラッキーパンチが当たったからいいようなものの、この人は今までの人生をどんなふうに歩んできたのだろう。

「じゃあな、おれは仕事に戻らなきゃならん」サトケンさんが駐車場に向かって早足で進んだ。「商談中だったんだ。早く行かねえと、ハンコをつくのを止めるとか言われそうだ。メンバーにはおめえから伝えといてくれ。みんな揃ってムーンオンに行けってな」

わかりましたと答えて、サトケンさんの背中を見送った。あの人の営業って、どんなことをするんだろうか。想像しただけでも身の毛がよだった。

その後若松店長から連絡があり、約束通り衣装提供の話は進んだ。スポンサー問題はもう少し待ってほしいと言われたけど、それはお任せするしかないだろう。

ひと月後、三月十一日、気仙沼はまゆうホールで行われた市主催のイベントのオープニングアクトにＫＪＨ49は出演した。メンバーが着ていたのは、もちろんムーンオンから提供された衣装だ。

記念写真を撮れ、とサトケンさんが言って、本職だろうということでぼくがカメラマンになった。

十五人になっていたメンバー全員が、サトケンさんと由花を取り囲んでポーズを取った。ぼくは何度もシャッターを切った。

＊

3・11復興イベント〝ひかり〟での、ＫＪＨのステージが終わった。

イベントそのものは、あれから一年経ったということで、今後の復興のため更に頑張っていきましょうというコンセプトだと聞いていたけど、そんなにしかつめらしいものじゃなかった。市内のいろんなサークル、団体、ボランティアグループなどが、はまゆうホールの舞台を使ってパフォーマンスをした。

あたしたちKJHはオープニングを担当することになり、二十分のステージで四曲を歌い、踊った。今までとやることは特に変わらない。

変わったのは観客の反応だった。それまでも応援してくれる人がいなかったわけじゃないけど、冷ややかな目で見てくる人とか、アイドルごっこなんてどうなの？　みたいに辛辣《しんらつ》なことを言われる方が圧倒的に多かった。

そういう人がゼロになったかっていうと、そんなことはないんだろう。でも、はまゆうホールに集まったお客さんのほとんどは、あたしたちを優しく迎え入れてくれた。応援してくれているのがわかった。

ステージを降りてもそれは同じで、会場内を歩いていると、たくさんの人が近づいてきて、握手を求められた。中には一緒に写真を撮ってくださいとか、目の前で『ありがとうの言葉』を歌ってくれる人もいた。

それまでは数人、多くて十人ほどだった追っかけの男の子たちも、三十人ほどに増えていた。歩いているあたしたちの後をついて回って、メンバーの名前をコールして騒いでいるのを注意されたりしていた。笑える。でも嬉しい、マジな話。

夕方、全員をはまゆうホールの駐車場に集めたサトケンさんが、今日が始まりだと言った。

「おめえらも少しは慣れてきただろう。今日のステージは、まあまあ合格だ。悪くなかった」

たまには素直に誉めてよと若菜が言って、みんなが笑った。六十五点だ、とサトケンさんが厳しい顔で言った。

「最低レベルはクリアしてる。だが、もっといける。手ごたえを感じたろ？　イベントの出演依頼は山ほど来てる。今後も続けていく。ＫＪＨ49の存在を更に知らしめていかなきゃならん。手始めに自主制作でＣＤを作るぞ。握手会や撮影会なんかもやる。四月か、遅くても五月にはコンサートもやりてえぐらいだが、そりゃちょっと早いかな」

マジで？　と声が上がった。みんな、ちょっと嬉しそうだ。ＣＤとかコンサートなんて、本物のアイドルっぽくない？　ＡＫＢとかももクロちゃんみたい。

あたしもドキドキしたけど、そんなにうまくいかないんじゃないかな、とも思った。夢としてはありだけど、リアルに考えると難しいよね、それって。

ネガティブ過ぎるって聖子なら言うだろう。それは本当で、あたしにはそういうところがある。そんな自分のこと、あんまり好きじゃない。でも、そういう性格なんだから、しょうがない。

そんなことを考えていたら、全部メンド臭くなってきた。ダメだって、みんな盛り上がってるんだから、あたしも気分を上げなきゃ。

「今日のところは以上だ。解散」

気をつけて帰れ、と手を振ったサトケンさんが、最後にあたしのことを見たような気がした。ちょっと暗い表情になってたけど、偶然なんだろう。

「しいちゃーん、帰ろう」

若菜が腕に絡み付いてきた。よくわかんないや。今日のところは帰ろう。

出店の焼きそば買ってくう、と若菜があたしの手を引いて走りだした。

step 5　トラブル?

　今日の練習はおめえに任せる、とサトケンさんから電話がかかってきたのは、三月最後の月曜の午後だった。

「そんなこといきなり言われても」

　ぼくは横にいた由花のために、スマホをスピーカーホンに切り替えた。

「すまん、ちょっと東京に用事があってな」

「東京?」

　おれも腹を据えた、とサトケンさんが大声になった。

「気仙沼のアイドルなんかじゃ駄目だ。やっぱり目指すんなら、日本一のアイドルだろう」

「それと東京がどう関係するんですか?」

「そりゃ、ショービジネスって言ったら東京じゃねえか。今後のことを考えると東京にパイプを作らなきゃならん」田舎の政治家みたいなことを言い出した。「宮城だ福島だ岩手だ、東北がどうだとかそんな小さなことはどうでもいい。どうせやるなら東名阪だよ。今が踏み出すタイミングなんじゃねえか？　だとしたら、最初の一歩はやっぱ東京だろう。気仙沼のことは、しばらくおめえら夫婦に任せる。よろしくな」

「あの、マジで言ってるんですか？　東京にコネがあるとか――」

「そんなものはねえ。これから作るんだ」

「どうやって？」

「おれを信じろ。吉報を待て。実はもう東京にいるんだ」

「今ですか？　月曜ですよ、会社は――」

「会社なんか犬に食われろ。じゃあな、週末のイベントも頼んだぞ。よろしくな」

電話が切れた。何なんだよ、とぼくは肩をすくめた。東京だって？

「自分だけ遊んでるんじゃないのか？」

「レコード会社とかに飛び込みで行ってるんじゃない？」由花が言った。「あの人、一応現役の営業マンだし、それぐらいやりそう」

「そんなことしたって無駄だよ。レコード会社は素人の売り込みなんか相手にしない」

そりゃそうだ、と由花が笑った。笑ってる場合じゃないんじゃないの？

「練習の立ち会いはサトケンさんがいなくてもいいんだけど、イベントの方はなあ……今週は何だっけ？」

「土曜日はこひつじ幼稚園のお楽しみ会」由花が自分のスマホでスケジュールを調べた。

「日曜は遠峰神社のお祭り。まあ、行けばわかるんだろうけど」

確認しておいた方がいい、とスマホを取り上げた時、着信音が鳴った。ショートメールが入っていた。

〈言い忘れてた。四月からのリーダーは、やっぱり詩織で行く。聖子は大学があるから無理だ。よろしく〉

しばらく前から、サトケンさんはリーダーを変えるつもりだと言っていた。候補の一人が詩織だったのだけど、どうなんだろう。

ぼくは首を斜め四十五度に曲げた。どうしたの、と画面を覗き込んだ由花も同じポーズになった。

四月から聖子が仙台に引っ越して、大学に通う話はぼくたちも聞いていた。今までのような形で練習やイベントに参加するのは難しくなる。そうなると詩織が一番年上だから、リーダーを任せるというのもわからなくはない。

だけど、と由花が逆側に首を捻った。だよな、とぼくもうなずいた。

引っ込み思案で、消極的な詩織がリーダーに向いているとは思えない。もうちょっと考えた方がいいんじゃないか。スマホにタッチして、サトケンさんの番号を呼び出した。

「どういうつもりなのか、聞いてみないと」

でもサトケンさんは出なかった。留守電に繋がるだけだ。今まで話してたじゃないか。何をしてるんだ、あの人は。

ぶつぶつ言いながら、折り返し連絡くださいとメッセージを吹き込んだけど、電話はかかってこなかった。

＊

「何言ってんの？」

それ以上、言葉が出てこなかった。来月からリーダーはおめえだ、とサトケンさんが繰り返した。

「待ってよ、聖子が仙台に引っ越すから、そんなこと言ってるわけ？　あたし、無理だよ。そういうの向いてないって、わかるでしょ？」

グダグダ言うな、とスマホの底から低い声が響いた。

「向き不向きの話じゃねえ。仙台と気仙沼は近いようで遠い。簡単に行ったり来たりできる距離じゃねえだろう。いつでも動ける奴じゃなきゃ、リーダーってわけにはいかん」

だけど、とあたしはスマホに耳を押し当てながら左右に首を振った。

「ホント、できないって。そういうタイプじゃないっていうか……それだったら若菜の方がいいと思う。明るいし、みんなに好かれてるし——」

「おめえより三つも下じゃねえか。まだ十五だぞ、年下に押し付けんのか?」

「そうじゃなくて……聖子は何て言ってるの? あんなに一生懸命やってるのに、かわいそうじゃん。あたし、あの子の代わりなんてできないよ」

あたしと聖子は、KJHに対して考え方がちょっと違う。アイドルになれなかったら意味ないって思ってる聖子とぶつかることもあった。

でもあの子が努力してるのはホントだ。少し強引なところもあるけど、そうじゃなきゃみんなをまとめることなんてできなかっただろう。

あたしにはあんなふうに引っ張ってくなんて無理。リーダーシップなんてないし、注意したり怒ったりするのも苦手だ。女子はいろいろ難しいんだって。

「だったらおめえも必死こいてやりゃあいい」サトケンさんの声が思いきり低くなった。

「努力してないなんて言ってねえぞ。それなりに頑張ってるのは、見てりゃわかる。だけどな、最初から腰が引けてるのはどうなんだ? 一生懸命やるのがカッコ悪いとか、失敗したら恥ずかしいとか、そんなことどうでもいいじゃねえか。てめえに言い訳することばっか考えてんじゃねえぞ」

　顔が熱くなった。どうしてサトケンさんは気づいたんだろう。

「聖子本人も、時間的に無理だって言ってる。おめえしかいねえっていうのは、話し合って出した結論なんだ」

「無理だよ！　サトケンさん、聖子ともう一回話してよ。あの子じゃなきゃダメだって」

「おれが決めた。プロデューサーはおれだ。命令に従え」

　メンバーにはおれから話しておく、と言ってサトケンさんが電話を切った。すぐにかけ直したけど、話し中になってた。

　馬鹿じゃないの、とコタツの上にスマホを放って、溢れてきた涙を手の甲で拭った。

＊

　それから十日間、サトケンさんと連絡が取れなかった。何度も電話してみたのだけど、毎回留守電で返事もない。

　メンバーの練習はぼくと由花で見ればよかったし、イベントなどの出演スケジュールは一カ月先まで決まっていたから、そんなに支障はなかったけど、いったいどういうつもりなのか。ぼくはちょっと怒っていた。無責任過ぎないか。

勤務先の保険会社に電話してみると、有休を取っているとわかった。どういうサラリーマンなんだ。そんなんでいいの？

「東京で遊んでるんだ」市内のトモールという喫茶店でコーヒーを飲みながら、ぼくは由花に言った。「もしかしたらＫＪＨに飽きたのかもしれない。あの人ならありそうな話だ」

「うーん、そうかも」由花が真顔で答えた。「あの人、目先の誘惑に弱いもんね。東京でお姉ちゃんの店とかに、はまっちゃったんじゃない？」

大いにあり得る、とうなずいてコーヒーを飲んだ。

「リーダーの件だってそうだ。仙台の大学に行く聖子には難しいかもしれないけど、だからって詩織にやらせるのは違わないか？」

聖子とはひと月ぐらい前にぼくも話をしていた。仙台と気仙沼の間は、新幹線を使うと往復五時間、一万円以上かかる。直通のバスもあるけど、それだって往復六時間、五千円はかかったはずだ。

大学生がしょっちゅう行ったり来たりできる金額じゃないし、時間もかかり過ぎるから、今まで通りリーダーを続けられないという理屈はよくわかっていた。だからといって、年齢が一番上だという理由だけで詩織をリーダーにするというのは無理があり過ぎるだろう。

だいたい、メンバーの意見を聞くべきじゃないのか。聖子がリーダーになったのは、一番最初に四人だけでステージに立たなければならなくなって、ある意味便宜上そうしただけの話だ。

今はあの時と違って、メンバーも十五人いる。民主主義とかそういうことじゃなくて、それぞれの意見を確かめるべきだろう。

いきなりプロデューサー命令とか言って、強引に決められても、しこりが残る。四人ならともかく、十五人だ。感情で揉めたら何もかもが崩れてしまう。

文句を言いたかったけど、何しろ電話に出ないのだからどうしようもない。奥さんはまだかな、とぼくは辺りを見回した。

どうして喫茶店にいるのかというと、サトケンさんからの連絡はなかったのだけど、奥さんから電話があったのだ。お話ししたいことがあるというので、四月四日の今日、この店で待ち合わせをしていた。

約束していた午後一時ぴったりに、かなり細身の上品な顔立ちの女の人が入ってきた。会ったことはなかったけど、話は聞いていたから、すぐサトケンさんの奥さんだとわかった。

向こうもぼくたちのことは聞いていたのだろう。近づいてきて、里中の家内の明子《あきこ》ですと丁寧に頭を下げた。とてもサトケンさんの奥さんとは思えない、きちんと礼儀をわきまえた人だった。

レモンティーを頼んだ明子さんが、いつも主人がお世話になっていますとまた深々と頭を下げた。とんでもありません、とぼくと由花は口々に言った。

「主人は今東京にいるんです。今夜帰ってくることになっています」

運ばれてきた紅茶にレモンを浮かべながら、明子さんが微笑んだ。色白のメガネ美人で、どう考えてもサトケンさんとは不釣り合いだ。

どこをどうすれば、こんなきれいな人があんなむさ苦しいオッサンと結婚することになるのだろう。騙された？　借金でもある？

東京にいるというのは聞きました、とぼくは言った。

「そうですか、今日戻るんですね？　助かりました。連絡が取れなくて困ってたんです」

「東京の病院に検査入院しているんです」レモンティーをひと口飲んだ明子さんが、熱い、とつぶやいた。「あちらに専門のお医者様がいらっしゃるので」

「入院？」ぼくと由花は顔を見合わせた。「どうしたんです？　サトケンさんが？」

似合わないよねえ、と由花がつぶやいた。そうですね、と明子さんが小さく笑った。

「余命半年と宣告されました」

意味がわからなかった。ヨメイ？　どういう字だ？　変換できないぞ。

「ヨメイって、どういうことですか？」

由花も首を傾げている。その通りの意味です、と明子さんが言った。

「残された時間は半年ほどです。悪性リンパ腫……ガンで、震災前からわかっていました。本当でしたら、とっくに入院していたはずだったんですけど、どういうわけか、あんなふうに元気に暮らしていて……」

待ってください、とぼくは座り直した。整理できない。どういうことなんだ？

「もしかしたら治ったのかもしれないなんて、あの人は冗談めかして言ってたんですけど、三月の下旬に自宅で倒れて……前から紹介されていた東京の大学病院に、緊急入院したんです。精密検査の結果が昨日出ました。余命半年と考えてくださいということでした」

「待ってください」同じことしか言えなくなっていた。「あの、いったいそれは……どういうことですか？　何で？　本当に本当なんですか？」

由花がぼくの手を握って、何度も首を振った。落ち着いて、と唇だけが動く。わかってるけど、どうやって落ち着けっていうんだ。

「あの、奥様……それは奥様だけがご存じなんですか」由花が聞いた。「お嬢さんたちも知っている？」

「お嬢さん？」

明子さんがぼくたちを交互に見つめた。娘さんです、とぼくも言った。

「写真を見せてもらいました。まだ小学生と中学生だそうですね。大丈夫ですか？　サトケンさん、可愛いだろってすごい自慢してましたけど、父親がそういう病気だっていうのは、やっぱりショックなんじゃないかって……」

「……娘は、二人とも震災で行方不明になりました」かすかに頬を引きつらせながら、明子さんが囁くように言った。「遺体が見つかったのは今年の一月です。確認が終わったのは三月頭のことで……」

ぼくは自分のコップの水と、由花の水を続けて一気に飲んだ。混乱していた。

行方不明？　遺体が発見された？　確認が終わった？　何の話だ？　聞いてないぞ、そんなの。

「あの、それは……本当なんですか？　サトケンさんからそんな話は一度も……」

認めたくなかったのだと思います、と明子さんが静かにうなずいた。

「主人は、とても娘たちを可愛がっていましたから。大震災後もずっとあの子たちを捜して……必ず生きていると言い続けていました。お葬式も出していません。ようやく見つかって、それでも信じられなくて、DNA鑑定をしたのが二月の終わりのことです。主人は辛かったと思います。体調が悪くなったのは、それもあったのでしょう」

何も言えないまま、何度もまばたきした。頭がついていかない。そんなことがあったのか。

どうして話してくれなかった？　ガン？　どういうことなんだ。

「あの、サトケンさんが自分の病気のことを知ってたというのは、本当なんですか？」

ぼくよりほんの少しだけ冷静だった由花が聞いた。そうです、と明子さんが答えた。

「震災前の冬の時点で、一年もたないだろうと……何も言いませんでしたけど、わたしはやりたいことをやってほしいと思っていました。ちゃんと治療を受けると約束してくれるなら、後は好きなようにすればいいと。大震災が起きて、娘たちが行方不明になった時、主人は苦しかったと思います。残された時間を、娘たちとわたしと一緒に過ごすつもりでいたはずですから」

「……はい」

「今日お二人に話しておきたかったのは、主人がやっているアイドル志望の女の子たちのことです。ご迷惑をおかけしてるんでしょうね。主人は……ああいう人ですから」

困ったような笑みを浮かべた。そんなことないです、とぼくたちは言った。

「主人はあなたたちにも、女の子たちにも、病気のことは言うなと……気持ちはわかりますが、それは違うと思いました。女の子たちはともかく、あなたたちには話しておくべきでしょう。本当にご迷惑でしょうけど、もうしばらくつきあっていただけませんか。あの人は、ＫＪＨのことに一生懸命で、とても楽しそうなんです」

それをお願いしたかったんです、と明子さんが頭を下げた。何にも言えなくなって、ぼくたちは黙り込んだ。

「お呼びだてしておいて申し訳ないんですけど、今から仙台の病院へ行かなければならなくて……転院が急に決まったものですから、その手続きがあるんです」明子さんが伝票に手を伸ばした。「バタバタですいませんが、よろしくお願いします」

あの、と由花が顔を上げた。

「……お嬢さんたちは、もしかしたらアイドルになりたいって思ってたんでしょうか」

答えずに唇を強く噛《か》んだ明子さんが、失礼します、とだけ言って店を出ていった。どうしていいのかわからないまま、ぼくたちはそれぞれコーヒーを飲んだ。

そうだったのか、とぼくは煙草に火をつけた。由花が何度かうなずいた。

他の席で、大学生らしい四人組が手を叩いて笑っている。いらっしゃいませ、とウエイトレスが新しい客に向かってスマイルを浮かべながら頭を下げた。

店には賑やかな曲が流れている。だけど、ぼくたちは何も言えず、黙ったまま座っていた。

＊

しばらく練習に顔を出さなかったサトケンさんがふらりと現れたのは、四月半ばの月曜日だった。

よくわかんないけど、メジャーデビューの足掛かりを作ると言って東京に行ってたのは知ってた。二百パー嘘だと思う。リューさんと由花さんに、おれがいかに東京でモテたかという自慢話をしているのが聞こえてきた。

「ロッポンギってのはあれだな、やっぱスゲーな。何ちゅうか街全体がキラキラしてる。もっとキレイなのはお姉ちゃんたちだ。自慢じゃないが、頼んでもねえのに携帯の番号やらメルアドなんかを教えてくれた。サトケンさんは特別だよって、お客だなんて思ってないってよ。いい子ばっかりでな、おれが結婚してるって言ったら、泣き出す子もいたんだぜ」

いやサトケンさん、それエーギョーだから。十八歳のあたしにもわかるって。もしかして世間知らず？　ちょっとバカ？

「モテる男は辛いぜ。毎日電話がかかってくるし、メールなんか朝昼晩と入ってくる。今度いつ会える？　だとよ。わかるか、リュー。おめえみたいな鈍臭い奴にはわかんねえだろうが、女の子から会いたいって言ってくるのは、本気だってことだ。いや困ったなあ、週末また東京行こうかなあ」

リューさんも由花さんも、そりゃいいですねとかテキトーに返事してた。相手するのが面倒臭いんだろう。わかります、その気持ち。

バカバカしいから、練習することにした。真面目にやれよ、と振り返ったサトケンさんが大声で言った。あなたに言われたくないんですけど。

でも練習を始めると、真剣な目になっていた。東京のお姉ちゃんにモテた話はともかくとして、もしかしたらホントにレコード会社の人とかと会ってきたのかもしれない。

訳のわかんない行動力だけはある人だから、常識じゃ考えられないことでも平気でやっちゃうだろう。会社の前で座り込みでもしたのかな？

今日、練習を仕切っているのは聖子だった。三月の終わりから仙台で暮らすようになってたけど、ＫＪＨの活動は続けると宣言した通り、毎週土曜の朝、長距離バスで気仙沼に戻り、土日のステージに出て、更に月曜も居残り、みんなと一緒に練習して、深夜バスで帰っていくというスケジュールをこなしていた。そのために聖子は大学で月曜の授業を選択していない。

四月からリーダーはあたしになってたけど、今のところ何も変化はなかった。あたしとしてはそれでよかった。

だけど、練習を見ていたサトケンさんには、すぐ状況がわかったようだった。休憩時間に呼ばれて、おめえがリーダーなんだぞって言われた。

「そうだけど、でも今日は聖子が来てるんだし……」

毎回かどうかはわからん、とサトケンさんが鼻をひくつかせた。

「いきなり切り替えるのは無理かもしれん。でもな、頼りっ放しじゃマズいだろう。メンバーは納得してるんだ。リーダーなら、リーダーらしくしろ」

自分の唇が尖っていくのがわかった。ズルいよ、サトケンさん。

だいたい、あたしオッケーなんて言ってないし。無理やり押し付けるなんて、そんなの嫌だ。

サトケンさんのこと、嫌いじゃない。口は悪いし、顔はおっかないけど、みんなのために一生懸命頑張ってくれてる。何にも得しないのに、ここまでやってくれる人はそんなにいない。

どこかズレてるけど、でも信じられる。そう思ってた。メンバーのみんなも同じだろう。

それなのに、あたしにだけ厳しい気がする。リーダーになんかなりたくない。

どうしてあたしなの？　歳は一番上かもしんないけど、もっと向いてる子がいるでしょ。

下の連中が見てる、とサトケンさんが低い声で言った。

「アタマのおめえがそんな逃げ腰でどうすんだ。聖子みたいに強引に引っ張っていけとは言わん。そこはそれぞれキャラがあるんだろう。命令とかしたくないって言うんなら、それもいい。だけどな、たまには必死こいてやってみろよ。それがリーダーってもんだ」

「やってんじゃん、頑張ってんじゃん！」思わず怒鳴ってしまった。「だけど、できないんだって。みんなをまとめて引っ張ってくなんて、それこそあたしのキャラじゃない。わかるでしょ？　だいたい、そんなことしてどうなるの？　うちらがアイドルになれるなんて、ホントはサトケンさんだって思ってないでしょ？　無理に決まってんじゃん」

決めつけんなよ、とサトケンさんが言った。最初からわかってる、とあたしは言い返した。

「うちらだよ？　なれるわけないじゃん。変な夢見せて、煽んないでよ。傷つくところが見たいの？　いいんだって、ステージに立って、歌って踊って、ちょっとアイドル気分を味わえればそれでいいんだから。それじゃいけないの？」

サトケンさんが首を振った。もういい、とあたしは背を向けた。みんなが怯えたような目で見てた。

ゴメン、違うの。何を言ってるのか、自分でもわかんない。

正面のガラスに、サトケンさんの暗い顔が映っているのが目に入った。辞めた方がいいのかな、あたし。

＊

「予定より遅れてる」

練習が終わり、女の子たちが出て行った後、レッスン場の外で煙草をふかしながらサトケンさんが言った。予定ってどういう意味、と由花が聞いた。

「ゴールデンウィークは目の前だ」サトケンさんが煙を吐いた。「毎日、何かしらのイベントに出演することになってる。それが終わったら、次は夏休みだ。東北各地でいろんなイベントがある。一カ月以上、連日ステージに立つことになるだろう。夏は稼ぎ時だ。どんなアーティストだってそうだろ」

　そうですね、とぼくはうなずいた。

「おれのつもりじゃ、六月中にフルアルバムを作る予定だった」舌打ちしたサトケンさんが煙草を灰皿に捨てた。「おめえが曲を作らねえから、話が違ってきてる。どうなってんだ？」

　ぼちぼちっす、と答えた。曲作りは工場で車を作るのとわけが違う。

　一カ月で何曲作れるかは、自分でもわからない。そんなにシステマティックにできるようなら、誰も苦労しないだろう。

「でも、五月中にはあと二、三曲作れるんじゃないかって思ってます。何だかんだで、夏休みまでには十曲ぐらいになるんじゃないすかね？　希望的観測ですけど」

「頑張ってくれ」サトケンさんがぼくの肩を軽く叩いた。「早いとこアルバムを出すんだ。イベント会場で手売りしたって、そこそこはけるんじゃないか？　年内には単独でコンサートもやらなきゃならん。最低でも十曲はないと話にならねえだろう」

焦ってるような感じがした。病気のせいなのだろう。何らかの形で、区切りをつけたいのかもしれない。

「それはいいけど、ちょっと痩せたんじゃない？」

由花がもそもそ口を動かした。引き締まったって言ってくれよ、とサトケンさんがにやにや笑いを浮かべた。

「鍛えてるんだ。『ピンク・マドンナ』のアスカちゃんが、筋肉フェチなんだよ」

ちょっとだけ笑った。サトケンさんは、ぼくたちと奥さんの明子さんが会ったことを知らない。ガンの話を知らないと思ってるから、そんなつまらないギャグを言っている。

ちゃんとやりますから心配しないでください、とぼくは顔を上げた。

「サトケンさんはプロデューサーなんだから、どっしり構えててくださいよ。ぼくと由花が頑張ります。ここまでサトケンさんがみんなを引っ張ってきたのはその通りだし、いろいろ大変だったっていうのはわかってますって。疲れてません？　ぼくらに任せてくださいよ」

そうだよ、と由花がうなずいた。

「そこそこ調子よく回ってるし、この前なんかスタッフになりたいって言ってきた人もいたでしょ。オジサンがでしゃばらなくてもいいんじゃない？」

　スタッフの件は本当の話で、ボランティアでいいからＫＪＨの活動を手伝いたいと申し込んでくる人は他にも何人かいた。ぼくも会ったけど、みんな真剣だった。

「サトケンさんが細かいことをしなくても大丈夫ですから」ぼくは言った。「大物プロデューサーが一から十までやるのもカッコ悪くないですか？」

　かもしれねえな、とサトケンさんがぼそりと言った。大物プロデューサーというワードが気に入ったらしい。

　見えないように小さくため息をついた。いつの間にか、責任感みたいなものがぼくの中に芽生えてきていた。

　メンバーたちはそれぞれ考え方に違いがあるけど、共通しているのはＫＪＨが自分自身の表現の場だってことだ。アイドルになりたい、人前で歌ってみたい、ダンスがしたい、歌やダンスのテクニックを身につけたい。

　目的は何でもいいけど、ＫＪＨがあの子たちにとってなくてはならないものになっているのは間違いなかった。

　もしかしたらあの子たちだけじゃなくて、ファンの子たちにとってもそうなんだろう。応援してくれる人も増えてる。

　アンチの連中もまだいるけど、噂を聞いてぜひ来てほしいと東北各地からたくさんのメールが送られてくるようになっていた。

サトケンさんが始めたＫＪＨは、もうぼくたちだけのものではなくなっていた。そりゃ責任感も生まれるだろう。やれるところまでやってみよう、そう思うようになっていた。

「まだまだだけどな」サトケンさんが煙草をくわえて、空いた箱を握り潰した。「ここからだ。おれは金と時間を投資した。回収しなきゃならん。それで済むと思うなよ。億万長者になってやる」

なれなれ、と由花が囃《はや》し立《た》てた。冗談で言ってるんじゃねえぞ、と煙を吐いた。

「いいか、芸能界っていうのは搾取の歴史なんだ。ショービジネスの不変の鉄則だ。おれはあいつらを酷使して、超金持ちになる。高額納税者になって、県から表彰されたい」

どうぞどうぞ、とぼくたちはダチョウ倶楽部のように手を差し出した。本気でそんなことを言ってるんじゃないことはわかっていた。

「いいっすね、夢は大事ですよ」

大声で言った。そうしないと、声が変なふうにかすれてしまいそうだった。

「リュー、おめえはいい奴だが、結局はアーティストだ。ビジネスの交渉事なんかには向いてねえ。おれがいねえとタフなネゴシエイションは厳しいだろ」サトケンさんがぼくと由花の肩に手を回した。「悪いなんて言ってねえ。向き不向きの話をしてる。それぞれ役割ってものがあるんだ。おめえはバリバリ曲を書け。由花ちゃんはマネージメントだ。あとのことはおれに任せろ。なあ、ビッグになろうぜ」

「ヤザワみたいに？」由花が笑いながら目元を拭った。「おかしいよね、サトケンさんは。あんまり笑わせないでよ、涙が出ちゃう」

なりましょうなりましょうと言ったぼくに、サトケンさんが手を差し出した。

「なあ、煙草くんねえか？　おれ、金がないんだよ」

明日ビッグになるつもりだが、今日の煙草銭がない。そう言ってにやりと笑った。どうぞ、とぼくはラークの箱を渡した。

＊

五月のゴールデンウィーク、あたしたちは自分でもよくわかんないぐらい忙しかった。毎日何かしらイベントがあったし、一日二ステージなんていうのも珍しくなかった。

リューさんは何かが乗り移ったのか、十日で三曲書いてきたりして、それも覚えなきゃいけないし、覚えたら覚えたで今度は振り付けを考えないとヤバい。アイドルって大変だ。

サトケンさんは、往年のピンク・レディーはこんなもんじゃなかったって訳のわからないことを言って、もっとやれるとあたしたちを鼓舞したけど、ピンク・レディーって何のことだか、わからなかった。

大学の授業が忙しくなった聖子は、土日のステージに出るのがやっとで、練習日の月曜は休むようになってた。その分、あたしの責任が重くなった。

練習の仕切りや、連絡までやらなきゃならない。どうしていいかわからなかった。

サトケンさんとはあれ以来ほとんど話してない。ケンカっていうとちょっと違うけど、要するに冷戦状態だ。

リューさんや由花さん、若菜なんかが気を遣って何とか修復しようとしてくれたけど、お互い無視してた。あたしはしょうがないと思うけど、サトケンさんって大人げないよね。

五月六日の日曜日、シャーク・アミューズメント・パークで開かれていたフカヒレ祭りのクロージングイベントに呼ばれて、ステージを務めた。漁師のオジサンたちは殊《こと》のほか喜んでくれて、全員にフカヒレ丼をふるまってくれた。

「食ったか？　よし、話を聞け」

注目、と爪楊枝《つまようじ》をくわえたまま、サトケンさんが手を叩いた。オジサンって下品。

「八月に全国のローカルアイドルが集まる大会が東京である。テレビ局が主催で、大手芸能事務所なんかもバックにつく。そこに出演してほしいと依頼があった。出るぞ」

マジで？　東京？　東京に行くの？

叫び出したメンバーに、まだ続きがある、とオーケストラの指揮者みたいに爪楊枝を振った。

「そのイベントは八月十一日だ。大震災のチャリティも兼ねてる。本当は九月十一日の方が区切りがいいらしいんだが、ローカルアイドルはたいがい中高生だから、学校がある。夏休みの方が何かと都合いいだろうってことでそうなった」

「いつでもいいよ、すごいじゃん！　マジで？」若菜が顔を真っ赤にしながら立ち上がった。

「東京？　武道館？　ＡＫＢみたい！」

「武道館なんて言ってねえぞ」座れ、とサトケンさんが爪楊枝で耳の穴をほじり始めた。

「渋谷公会堂だ。昔流に言うとシブコーだよ。アイドルの聖地だ」

「どっちでもいい！」みんなが手を取り合って叫んだ。「ブドーカンでもシブコーでも、何でもいいって！　東京のステージに立てるの？　でも、交通費とかは？」

「心配すんな、おれを誰だと思ってる」バッチリだ、とサトケンさんがＶサインを作った。

「交通費、宿泊費、そして何とギャラまで出る。金額は交渉中だが、そこは任せておけ」

悲鳴が上がった。今まででもバス賃や電車賃はもらってたし、お弁当ぐらいは出ることもあった。でも、ちゃんとした形で出演料をもらえるのは初めてだ。本物のアイドルじゃん、それって！

「いいか、この話だって簡単に決まったわけじゃねえんだぞ」サトケンさんが得意そうに顎を撫でた。「おれが東京へ行って、ドラゴンボール並みの苦労を重ねて、ようやく勝ち得た権利で……」

みんなの叫び声がサトケンさんの声をかき消した。苦労話なんか聞きたくないよね。

抱き合って喜んでるみんなを横目で見ながら、あたしは小さくため息をついた。素直に喜べない自分がいた。サトケンさんとの関係はギクシャクしてるし、うまくいくだろうかっていう不安の方が強かった。

このままだと、あたしがリーダーとしてそのイベントに出ることになる。気仙沼の縁日で歌ったり踊ったりするのとは違う。東京、シブコーでのステージだ。

みっともないパフォーマンスを見せれば笑われるだろう。あたしにみんなを引っ張っていくことなんてできるのかな。

「おい、人の話を聞け」サトケンさんが両手でメガホンを作って怒鳴った。「そういうわけで、おれは今後東京と気仙沼を行ったり来たりになる。練習はリューと由花ちゃんに任せる。まだそのイベントで何曲歌うかとか、そんなことは決まってない。どうなってもいいように練習をちゃんと……」

どうでもいいよ、と若菜が笑いながら叫んだ。

「東京でもニューヨークでも、どこでも行ってきてください。あたしたち、それどころじゃないんで」

全員がスマホを手にして、親や親戚、友達なんかにメールやＬＩＮＥを送り始めていた。

ねえねえ、うちら八月に東京に行くんだよ。いいでしょ、羨ましいでしょ。おみやげ何がいい？

そんな声を聞きながら、あたしはもう一度深いため息をついた。

＊

女の子たちが解散した後、ぼくと由花、そしてサトケンさんの三人で市内の居酒屋に行った。ゴールデンウィークが終わったので、軽く打ち上げでもやろうと言ったのはサトケンさんだった。

ビールで乾杯した。由花はジュースだ。今日の会場には、由花の運転で来ていた。

「さすがに疲れた」ビールをひと口だけ飲んだサトケンさんが、唇の泡を拭った。「強行日程だったからな。おめえらも疲れたろう。よくやってくれた」

労《ねぎら》いの言葉を口にした。珍しいことだ。そうでもないけど、と由花が笑った。

「よかったじゃゃん、いろいろ無事に終わって。客にも受けてたし、いい感じじゃない？」

うなずいたサトケンさんが、飲めよ、とぼくのジョッキを指した。

「飲んでますよ。サトケンさんは？」

ぼちぼちだ、と面倒臭そうに答えた。中ジョッキは一センチも減っていない。調子が悪いのだろう。

それから焼き鳥や刺し身をつまみに、しばらく飲んだ。飲んだと言っても、ぼくだけだ。サトケンさんは何度もお茶をお代わりするだけだったし、由花は最初からアルコールを飲んでいない。

「静かですね。やっぱり疲れましたか？」

尋ねたぼくに、もう若くねえんだ、と煙草に火をつけた。

「十代のガキと一緒だとペースが狂う。いつまでも若いつもりでいちゃいけねえな」

うまくねえ、とつぶやいて煙草を消した。この二週間ほどで、サトケンさんは明らかに痩せてきていた。顔色も良くない。

「体調、どうなの？」由花が聞いた。「ちょっとやつれて見えるんですけど」

「お、中年の渋さがわかるようになったか」嬉しそうにサトケンさんが由花の手を握った。

「そうだろ？　これが男の色気って奴だ。由花ちゃんも大人になったな」

「うん、わかるわかる」適当に由花が調子を合わせた。「わかるけど、少し体のこと考えた方がよくない？　全然食べてないじゃん」

「昔からこうだ。暑さがこたえる体質なんだな」

「まだ五月でしょ」

「今年は早く来てる。ちょっとキツい。そういうこともあるさ。まあ、さっきも言った通り、おれはこれから気仙沼と東京の往復だ。イベントには顔を出すが、練習はおめえらに任せる。迷惑をかけるが、よろしく頼む」

片手で拝んだ。気にしないでください、とぼくは言った。

「あの子たち、めちゃくちゃ喜んでましたね。やっぱ東京っていうのは、嬉しいんだろうな」

お茶を飲みながら、もっと曲を書け、とサトケンさんが何度も繰り返した。いつもの押し付けがましい言い方じゃなくて、これからのことを考えるとレパートリーが多くなきゃダメだ、ともっともらしいことを言った。

「面白くなるぞ」飲んでいないのに、酔っ払ったような口調になっていた。「CDもいいが、写真集って展開もある。リューはカメラマンなんだから、撮影もできるだろ。あいつら、水着ぐらいはやるよな？」

知りませんよ、とぼくは苦笑した。由花もだ。サトケンさんの中にはいろんなアイデアがあるようで、そのいくつかを披露した。ぼくたちは黙って聞いていた。

ラストオーダーの時間なんですが、と店員が言ってきたのを潮に、帰ることにした。送りますよと言うと、すまんな、と車の後ろに乗り込んだ。

「ちょっと横になっていいか？」

「どうぞどうぞ。着いたら起こします」

シートに体を埋めたサトケンさんが、すぐに寝息を立て始めた。よっぽど疲れてるんだな、とぼくたちはうなずきあった。

「気が抜けたのかもしれない。ゴールデンウィークのステージを決めてきたのはサトケンさんだし、無事にこなせるかどうか心配だったんだろう」

だね、と答えた由花の運転で、サトケンさんの自宅へ向かった。夜十時を回っていて、道は空いていた。三十分ほどで家が見えてきた。

「起きてください。着きますよ」

助手席から声をかけた。返事はない。よほど深く眠っているのだろう。

起きてくださーい、と体を揺すった。

「お家ですよ。シャワーぐらい浴びた方がいいんじゃないすか？　さっさと寝て――」

サトケンさんの首が不自然な形で横に崩れた。どうしたの、とブレーキを踏んだ由花が振り向いた。ぼくは飛び降りて、後ろのドアを開いた。

「サトケンさん？　しっかりしてください！　どうしたんですか？」

一瞬目を開けたサトケンさんが、大丈夫だとつぶやいて、また目を閉じた。体を丸めるようにして横たわった。ルームライトに照らされた顔が、紙のように白かった。

「由花！　家に奥さんがいる。呼んできてくれ！」

顔を強《こわ》ばらせた由花が玄関に駆け込んで、ドアを思いきり叩いた。すぐ明かりがついて、明子さんが出てきた。サトケンさんの帰りを待っていたのだろう。

車に駆け寄った明子さんが、あなた、と大声で叫んだ。でもサトケンさんは動かなかった。すぐにぼくの方を向いて、市立病院まで行ってくださいと頭を下げた。乗ってくださいとだけ言って、助手席に戻った。

気仙沼市立病院まではすぐだった。震災直後から三陸沿岸部の災害拠点病院として医療に当たったこの病院は、市内で一番大きい。サトケンさんが通院しているのも聞いていた。

時間外受付に飛び込んで事情を説明すると、すぐ何人か人がやってきた。用意されていたストレッチャーに乗せて、病院の中へ運び込んでいく。ぼくと由花も一緒に入った。

出てきた若い医者が屈み込んで呼びかけると、弱々しい声でサトケンさんが何か答えた。意識はあるなとつぶやいた医者が、救急室に運べと指示した。周りにいた看護師たちがストレッチャーを押し始めた。

「リュー……いるか？」

しゃがれた声が聞こえた。いますよ、とぼくは大声で叫んだ。

「声がでけえ。病院だぞ」頭を持ち上げたサトケンさんが、うるせえよ、とつぶやいた。

「あいつらには言うな。わかったな？」

わかりましたと答えた横で、急げと医者が命じた。ストレッチャーがカーテンの奥に運び込まれていった。

＊

買い物から帰ってきたママが、サトケンさん入院したんだって？　と言った。びっくりした。何の話？

「聞いてないけど」

「一昨日の夜だって。市立病院。ほら、佐久間さん家のヨシエちゃん、あそこのナースだから。そこでばったり会って話してたら、そんなこと言ってた」

「何で？　事故とか？　それとも飲み過ぎ？」

サトケンさんと病院って、全然似合わない。酔っ払って階段から落ちたとか、そういうこと？

「それは教えてくれなかった。個人情報ってことなのかも。でも、二、三日で退院できるみたいなこと言ってたけど」

ママがレジ袋から野菜とかを冷蔵庫に入れ始めた。そうなんだ。たいしたことないんだ。でも気になる。

スマホを取り出して、リューさんの番号を呼び出した。心配だったけど、サトケンさんとは冷戦状態が続いているから、直《ちょく》で話したくなかった。

もしもし、というリューさんの低い声が聞こえてきた。

「あたし、詩織。サトケンさんが入院したってホント？　どうしたの？」

「……誰に聞いた？」

「ママが友達から聞いたって。ナースなんだよ、その人」

守秘義務はないのか、とリューさんがため息をついた。

「何でもない。心配しなくていいよ」

「心配はしてないけど、どうしたのかなって」あたしは言った。「何なの？　飲み過ぎ？」

リューさんは何も答えなかった。どうしたんだろう、何か暗くない？　マジで病気なの？

「たいしたことじゃない」心配するな、とリューさんが言った。「あの人も四十五だ。疲れが溜《た》まる年齢なんだ。詩織にはわかんないかもしれないけど」

そうなのかな。かもしれない。うちのパパもしょっちゅう疲れたって言ってるし。

「メンバー全員でお見舞いに行ってあげようか？　カワイイ女の子がたくさん来たら、他の患者さんとかお医者さんにも、自慢できると思わない？」

「そんな暇があったら練習しろよ」リューさんがちょっと苛ついた声で言った。「他のメンバーには言うな。すぐ戻ってくる」

「でもさあ、一応入院なんだし――」

「来なくていい」

いきなり電話が切れた。ちょっと不安になったけど、ただの過労なんだろう。

飲み過ぎみたいと言うと、そういう人だってね、とママが苦笑いを浮かべた。

*

サトケンさんは不定期に入退院を繰り返すようになった。検査とか、抗ガン剤の投与とか、放射線治療とか、なるべくまとめてやってほしいというのが本人の希望で、病院としてもその方が何かと都合がいいということもあったみたいだ。

退院すれば、会社にも出勤しているし、仕事も普通にこなしている。ガンが見つかった二年前から、抗ガン剤治療は続けていたそうで、その効果もあって日常生活に支障はなかった。

六月最初の木曜、検査入院しているというサトケンさんの見舞いに由花と病院へ行った。倒れた時に病院へ運んだのはぼくたちで、サトケンさんも病気のことを隠しておけないとわかったようだった。

本人はガンだとかそんなことは話さなかったし、ぼくたちも触れなかった。暗黙の了解だ。わかっていても口にしない。何もなかったふりをお互いにしていた。

サトケンさんは意外に元気そうで、顔色もよかった。ちょっぴりだけど、頬の辺りもふっくらしてきている。そりゃそうだ、とベッドの上で踏ん反り返った。

「馬鹿みてえに痛い注射を打ったり、何時間も点滴を受けてるんだ。それで調子が悪くなったら、ここの医者は全員ヤブってことになる。おれは日本の医学を信じてる」

新しく投与が始まった抗ガン剤のおかげで、ガンの活動が止まっていると明子さんからは聞いていた。食欲も少し戻り、マズいマズいと文句を言いながらも病院食を食べているそうだ。ベッドサイドのテーブルにはスナック菓子とか果物なんかもたくさんあった。

見舞いに行くのは三度目だった。それまでもそうだったように、ぼくたちは長い時間話した。全部思い出話だ。

あの時はああだったこうだった、そういう話をしているとサトケンさんはやたら饒舌《じょうぜつ》だった。ガンという現実に向き合いたくないのだろう。それはぼくたちも同じだった。

「去年の秋に始めたんですよね。最初は何が何だかわからなかったな」

「でも、それなりにカッコついてきたじゃねえか。おれの言った通りだったろ？」

「嘘みたいですよね、ここまで来るとは思わなかったです」

「初めてのコンサートのこと、覚えてるか？　ぐだぐだだったよな」

どうでもいい話を、いつまでも続けた。由花と明子さんがぼくたちのそばで、微笑みながら聞いていた。

「こいつはやる気がなくてよ」サトケンさんがぼくを指さした。「すぐ辞めるって言いやがる。苦労したぜ、まったく」

「そりゃそうでしょう。サトケンさん、メチャクチャなことばっかり言うから、とてもじゃないけど、一緒にやってらんないって思いましたよ」

「しょっちゅうケンカしたなあ」

「ケンカってほどじゃ……言い争ったぐらいじゃないですか？」

「おめえが素直じゃねえからだ」

「サトケンさんがワガママだからですよ」

思い返すと、サトケンさんとぼくは意見が合わず何度もぶつかったことがあった。最初の頃は特にそうで、訳のわからないロマンを追いかけようとするサトケンさんを止めるのは、ぼくしかいなかった。

おめえは杓子定規《しゃくしじょうぎ》なことしか言わない、と怒られたこともある。今だから言えるけど、口を利きたくないと思っていた時もあった。

だけど、あんなふうにやり合っていたのも、楽しくないわけじゃなかった。辞めなかったのは、嫌なこともいっぱいあったけど、それ以上に楽しかったからなんだろう。

入院していても、サトケンさんはサトケンさんだった。禁止されているはずの携帯電話を当然のように持ち込み、いろんな人と話していた。

会社関係の相手もいたのだろうけど、ほとんどはＫＪＨ絡みだった。ぼくたちがいる時も、電話はしょっちゅうかかってきていた。

六月に入っても、イベントに出演してほしいという依頼はひっきりなしだった。ローカルのテレビ局や、新聞社などから取材の申し込みもあったし、サトケンさんは地元のコミュニティＦＭ局と交渉して、夕方の情報番組にＫＪＨのミニコーナーを作っていたけど、出演するメンバーのスケジュールなんかについて、打ち合わせの必要があった。

それ以外にも、メンバーたちとメールやＬＩＮＥで話していた。サトケンさんが入退院を繰り返しているのを、彼女たちは知らない。東京に行ってると思っている。それでいいんだ、とサトケンさんは言った。

ＫＪＨが結成されて、八カ月近く経っていた。何だかんだいろいろあったけど、メンバーが一番信頼しているのはサトケンさんだった。第一印象がおっかない分、実は優しい人だとわかると、みんな頼りにするようになっていた。

サトケンさんも、ＫＪＨとしての活動はもちろん、もっとパーソナルな学校のこととか、家族や友達とのこと、恋愛の悩みや、果ては進学相談にまで乗っていた。もともと世話好きだし、過剰なぐらいお節介な性格だ。そんなふうになるのは自然なことなのだろう。

ぼくと由花に対しては、これからだぜ、というのが口癖だった。今後の展開について、いろんなアイデアを熱く語ることも多かった。

握手会や撮影会はもちろん、グッズ製作やカレンダーの発売まで、さまざまなことを考えているようだ。話している時のサトケンさんは、すごく楽しそうだった。

枕元には分厚いビジネス書が何冊も積まれていた。通信教育を受けるつもりだ、と言い出した時にはさすがにびっくりした。この人は何がしたいんだろう。

「流行《はや》ってねえかもしれんけど、ヤンエグになりてえんだ」サトケンさんが言った。「やっぱモテるんだろ？　青年実業家って奴だ。悪くねえ響きだよ」

なってください、とぼくたちはうなずいた。残された時間が少ないと、サトケンさんはどこかで感じているのだろう。自分がいなくなってもＫＪＨが続いていくことを望んでるのが、ぼくにもわかった。

看護師さんが夕食を運んでくるまで話していたけど、疲れた顔になってきたので、ぼくと由花は帰ることにした。また来い、とサトケンさんが手を振った。明子さんが何度も頭を下げて見送ってくれた。

エレベーターに乗ると、あとどれぐらいなの、と肩を落とした由花が囁いた。わからない、と答えた。

「明子さんに聞いたけど、確かなことは言えないって。でも、抗ガン剤は効いてるって言ってた。数値が良くなってるから、今月一杯様子を見て手術するかもしれないとも言ってたな。先生もサトケンさんの生命力には驚いてたってさ」

「手術はうまくいく？」

「いくさ。絶対だ。ガンを全部除去できれば、完治するかどうかはともかく、もっと先のことも考えられるようになる」

エレベーターの扉が開いた。腕にギプスをしている若い男と入れ違いに外へ出た。

「しぶといもんねえ、あの人」おかしそうに由花が笑った。「いるよね、そーゆー人。死ぬ死ぬって言いながら、長生きしちゃうの。案外、あたしたちの方が先に死んじゃうかもよ」

ありそうな気がする、とぼくは答えた。サトケンさんだもんな。何するかわかんない人だし。

ぼくたちは並んで病院を後にした。きれいな白い雲が青空に浮かんでいた。

＊

サトケンさんが戻ってきたのは、六月中旬だった。

レッスン場に現れたサトケンさんは、かなり痩せていて、あたしとか聖子、若菜は思わず顔を見合わせた。すごく不健康な感じ。体調が悪いみたいだ。

でも、本人は何も言わなかった。つまんないオヤジギャグを連発する辺りは、前と変わってない。ちょっと安心した。

変わったところがあるとすれば、練習もそうだし、その後のステージなんかでも、前みたいにうるさく注意しなくなった。そういうことはリューさんや由花さんに任せる、というスタンスを取ることに決めたみたいだ。

先月から気仙沼でダンススクールを経営していた女の先生が教えに来てくれるようになってたから、そのせいかもしれない。

だけど、リーダーであるあたしに対しては別だった。聖子は大学の試験があったりして、休むことが多くなってる。それも含め、おめえが引っ張っていかなきゃダメだろうと叱られた。

そう言われても困る。聖子みたいに、バリバリにやる気を前に出すのは苦手だし、そういうキャラじゃない。

いつまでもそれじゃダメだって、自分でもわかってる。変わりたいよ。でも無理。だって、生まれつきこうなんだもん。

あたしがリーダーでいいんだろうか。若菜も他の子たちも従ってくれてる。でも自信がない。

そういうところがダメなんだってサトケンさんが言うのもわかるけど、できないものはできない。

何もしなかったわけじゃない。個人練習は真剣に頑張ったし、努力してるつもりだけど、何も変わってないような気がする。こんなんでいいのかな。

そんなことを考えてること自体、甘えなのかもしれない。でも、メンバーへの連絡や雑用なんかもあたしが全部引き受けてる。

こんなに一生懸命やってるのに、まだサトケンさんは不満なんだって思ったら、悲しくなった。

認めてよ。サトケンさんが望むリーダー像とは違うかもしれないけど、あたしなりに頑張ってない？　まだ足りない？

そう言いたかったけど、言葉が出てこなかった。いつもそうだ。どう言えばいいのかわかんなくて、嫌になる。

レッスン場にサトケンさんが顔を出すたび、そんなやり取りが続いた。何度目だったかわかんないけど、聖子みたいなリーダーにはなれないって言った。できないよ、あたし。

「そんなこと言ってねえだろうが」サトケンさんがしかめっ面になった。「おめえと聖子は違う。そんなことはわかってる。リーダーとしての自覚を持てって話だ。甘えるんじゃねえぞ」

甘えてるつもりなんてない。どうしてわかってくれないんだろう。目の奥が熱くなった。

「……こんなに頑張ってるのに、認めてくれないんだ」

誉めてほしいわけじゃない。でも、認めてほしかった。ひと言でいいから、よくやってるって言ってよ。そしたらあたし——。

「認めてもらうためにやってんのか」

返ってきたのはそんな冷たいひと言だった。もういい。ここにいる意味なんてない。

あたしはレッスン場を飛び出した。

＊

放っとけ、とサトケンさんが言った。でも、とぼくはスニーカーに足を突っ込みながら振り返った。

「今のはサトケンさんが悪いと思いますよ。あんな言い方はないでしょう」

「しょうがねえじゃねえか」

そうじゃなくて、とぼくは指で踵を直した。

「詩織は頑張ってますよ。歌もダンスも、あの子なりに進歩してる。そこは認めてやればいいじゃないですか。今時の子ですよ？　誉めて伸ばさなくてどうするんです」

「昨今の風潮に、ひと言物申したいね」ふん、とサトケンさんが鼻から息を吐いた。「ガキのご機嫌取りも結構だが、厳しくしなきゃならんこともあるんじゃないのか？　甘やかすばかりが能じゃねえだろう」

間違ってるとは言わないけど、と近づいてきた由花が唇をすぼめた。

「しいちゃんは違うんじゃない？　優しいし、繊細な子だよ。でも、逆に言ったらプレッシャーに弱いっていうか、一方的に叱られたら逃げちゃうって。ちゃんとコミュニケーション取りながら……」

おめえらは平和でいい、とサトケンさんが肩をすくめた。

「当たり前のことを言っただけじゃねえか。努力はしてるだろうさ。だけどな、もっとできるはずだ。経験がないとか素質がないとか、そんなこと言ってる暇があったら練習すりゃあいいだろう」

「そうじゃなくて、言葉が足りないって言ってるんです」

ぼくは壁を平手で叩いた。いくら何でも、理不尽過ぎるだろう。久々に頭に来ていた。

「あの子だって苦しいんです。そこは理解してあげてくださいよ。あんな言い方じゃ、今の子には通じないですって」

「その辺はおめえらの役割だ」おれにはできねえ、と首を振った。「こっ恥ずかしくって、言えねえよ。昔の青春ドラマか？　泣きながら抱きしめろって？　『スクール・ウォーズ』の滝沢先生じゃねえんだぞ」

いいからあいつらの練習を見てやれ、とサトケンさんが指さした。レッスン場では、女の子たちが不安そうな目でぼくたちを見ていた。

「後で詩織に電話ぐらいしてやってください」ぼくは言った。「お前のことを思って言ったんだとか、そんなふうに――」

「しねえよ」

それだけ言って、サトケンさんがそっぽを向いた。世代の違いということなのだろうか。そんなことするぐらいなら腹切って死んでやる、と顔に書いてあった。

ちょっと様子見てくると言って、由花が外に出た。頼んだぞと言って、ぼくは元の位置に戻り、ＣＤデッキのボタンを押した。

＊

晩ごはんを食べ終わって、パパがビールを飲み始めた。ママは流しでお皿を洗ってる。どうしたのお姉ちゃん、と知佐があたしを肘で突いた。

「ぼんやりしちゃって。何かあった？」

「まあね」

ぬるくなったみそ汁に口をつけながらうなずいた。どうしたの、と首だけ向けたママに、辞めちゃおっかなって言った。

「辞める？　ＫＪＨを？」

「何かさ、意味ないなあって」お茶をひと口飲んで、ごちそうさまと箸《はし》を置いた。「やってもしょうがないし、先は見えないし、アイドルになれるわけでもないし」

「いいんじゃないか？」パパが缶ビールを指で弾いた。「いつまでもつまらんことに係わりあってても仕方ない。どうする、高校に戻るか。学校はそれでもいいって言ってるんだろ？」

あたしは休学扱いになってる。二年生までは済んでるから、今戻れば三年生として復学できるのだ。担任の先生からは、学校に行かなくなってからも定期的に連絡をもらっていた。

「そうじゃなきゃ、働いたっていい」口元についた泡を拭いながらパパが言った。「学校に戻るにしても働くにしても、パパとママに任せておけば大丈夫だ。どっちにしたって、いつまでもアイドルごっこをしてるわけにはいかないだろう」

そうだね、と答えた。家は大震災で流され、今は仮設住宅暮らしだ。

贅沢が言える身分じゃないのはよくわかってるけど、やっぱり仮設は暮らしにくい。プライバシーはないし、四人で暮らすにはどうしたって狭かった。

来月から、ママもパートに出ることになってる。知佐はちゃんと学校に行ってるし、何にもしてないのはあたしだけだ。

そうだね、ともう一度言った。バイトでも探すよ。

「——お姉ちゃん？」

びっくりしたように、知佐が顔を上げて、あたしの頬を伝っている涙を指でなぞった。

何で？　何で泣いてんの、あたし。

お姉ちゃん、と知佐がもう一度言った。黙ってお皿を洗っていたママが水を止めた。

「学校へ行きたいんなら、行きなさい。働いたっていい。しいちゃんの好きにすればいい」

「……ママ」

「でも、本気なの？」ママの声は静かだった。「本気でＫＪＨを辞めたい？　そこははっきりさせないと」

答えられなかった。わかんない。辞めたいのか、辞めたくないのか。

こんなことしてていいのかって思ってたのはホント。練習ばっかりの毎日。ＫＪＨのことばっかりで、他は何もできない。おまけにサトケンさんに厳しいことを言われて、むかついて、だから辞めようって思った。

でも、サトケンさんの言ってることが全部違うわけじゃないのもわかってる。励ますために言ってくれてるのがわかんないほど子供じゃない。

あたしは辞めたいのかな？　嫌なこともいっぱいある。だけど、楽しいこともたくさんあった。

わかんない。誰か教えてよ。どうしたらいいの？

「ママはね、辞めちゃ駄目だって思ってる」

布巾で手を拭いたママが振り向いた。だけど、と言いかけたパパに、そっと首を振る。すごく優しい目になってた。

「パパがしいちゃんのことを思って言ってくれてるのは、よくわかってる。しいちゃんとちいちゃんのために新しい家を建てようとか、人並みな暮らしをさせたいとか、そう考えているのもわかってますよ。あなたは優しい人で、いいパパだもの。そんなこと、全部わかってる」

「そりゃ……だって、その方がこの子たちのためになるだろ？」

「でもね、そんなことどうでもいいの」ママがまっすぐパパを見つめた。「あたしはね、大震災の時よくわかったの。生きてることが一番大事なんだって。うちは家族四人、みんな生きてます。もう十分です。これ以上は望まない。あなたたちが生きていてくれれば、ママはそれだけでいい」

パパは黙っていた。あたしも知佐も、何も言わなかった。

「しいちゃんは不器用なの。あの大震災がショックで、家から出られなくなった」ママが手を伸ばしてあたしの髪に触れた。「学校なんか行きたくないって言ったけど、それならそれでいい。生きていてくれれば、それだけでいい」

「ママ……」

「だけど、心配は心配。いいのかなって思った。学校なんか行かなくてもいいけど、全然外に出ないっていうのはどうなのって。だから、何度も外に行こうって誘った。でも、ほとんど引きこもってた」

　ママはあたしの頭を撫で続けていた。

「そんなこの子が、ＫＪＨの話をしたら、行ってみようかなって言った。アイドルになれるとか、なれないとか、そんなことはどうでもいい。夢を思い出して、追いかけてみようって気持ちになった。ＫＪＨに入って、外に出て行くようになった。楽しそうだった。練習を頑張って、イベントとかにも出て、気仙沼の人達を励ますようになった。それだけでいい。そう思ったの。それ以上、何を望むっていうの？」

　何か言いかけたパパが口を閉じた。しばらく黙ってたママが、ゆっくりと唇を動かした。

「あたしはね、あのサトケンさんって人に感謝してる。馬鹿じゃないかって言ってる人がいるのは知ってる。ただのお祭り好きで、一人で騒いでるだけだって。でもね、世の中にはそういう人も必要なの」

　目元を拭った。でも、声はしっかりしてた。

「パパがしいちゃんのことを思い、あたしたち家族のことを思って、ＫＪＨなんか辞めればいいって言ってるのはよくわかってる。でもね、気持ちだけで十分だから。お金や家なんかどうでもいい。そんなことのために、辞めた方がいいなんて言わないで」

パパは無言だった。黙って、あたしたち三人を順番に見つめている。パパ、と知佐が口を開いた。

「一度でいいから、お姉ちゃんのステージ見に行ってよ。うちは何度も行ってる。お姉ちゃん、カッコイイんだよ。うちは友達に言ってる。お姉ちゃんはアイドルなんだって。すごいカッコイイんだよって。ホントだよ」

黙ってあたしを見つめていたパパが、このままでいいと思ってるのか、とつぶやくように言った。

「将来のことは考えてるのか。高校中退じゃ、厳しいのはわかってるだろ？　それでもやりたいのか？」

「……やりたい」

「辞めたいと言ったな？　それも嘘じゃないんだろう。どっちなんだ」

やりたい、とあたしは言った。

「ホントは続けたい。だけど、パパの言ってることも正しいってわかってる。先のこと考えたら、このままじゃ駄目なんだろうって……でも、やりたいの。どうしたらいい？」

いきなり立ち上がったパパが、流しで何度も顔を洗った。何度も何度も。

それからジャーの蓋を開けて、自分の茶碗にご飯を大盛りでよそった。席に戻って食べ始める。おかずも何もなしに、黙々と食べ進めた。

「次はいつだ？　次のステージのことだ」

口一杯にご飯をほお張ったままパパが言った。来週の日曜、とあたしは答えた。

「公民館のプロレス大会で、ゲストに呼ばれてる」

見に行く、とつぶやいたパパが更にご飯を口にほうり込んだ。

「見に行くからな」

うん、とあたしはうなずいた。お代わり、とパパが茶碗を差し出した。

＊

七月に入った。メンバーはあたしと聖子を除くとみんな中高生で、期末テストがある。サトケンさんの方針でＫＪＨは学業優先だから、七月前半の練習は休みになった。

ただ、夏休みになれば毎日のようにステージがあたしたちを待ってるとわかってた。スケジュール表は真っ黒に埋まっている。売れない演歌歌手のどさ回り並みに、一日三ステージをこなさなければならない日もあった。

そして、八月十一日には東京でのイベントがある。あたしたちにとって、本当の意味でのメインイベントだ。その準備をしておかなければならなかった。

今も、リーダーとしてみんなをまとめていける自信はない。だけど全力でやろうって思った。

ママも知佐も、そしてパパも応援してくれてる。頑張れって、背中を押してくれた。

あたしはあたしで、他の誰でもない。それでいいんだよって言ってくれた。

おめえと聖子は違うって、前にサトケンさんに言われたことがあったけど、やっと意味がわかった。そうだよね、聖子には聖子の、あたしにはあたしのやり方がある。どっちだっていいんだ。精一杯やればそれでいい。

メンバーのみんなに、ああしろこうしろなんて言えない。そんな柄じゃないし、口で言うのは苦手。

それなら、頑張ってる姿を見せればいい。一生懸命やってるってわかれば、みんなだってついてきてくれる。

あたしが考えてたのは、KJH全体のパフォーマンスの底上げだ。最初のうちはできる子が引っ張っていくしかなかったけど、今は違う。全員のスキルを上げてこそ、今まで以上のパフォーマンスができるはず。

だから、みんなが期末テストを受けてる期間中、あたしは毎日歌い、踊って、その画像をLINEで送り続けた。不登校のあたしには時間があった。何時間も踊り続け、それを撮影してチェックポイントを伝えた。

　こうした方がいいんじゃないかな。どうしてもタイミングが遅れるから、そこを意識して踊ろう。具体的に指摘するためには、自分でやってみるしかなかった。

テスト期間中だったけど、すぐにみんなから返事があった。あたしの自撮り画像を見ながら練習してるって言ってくれて、すごく嬉しかった。

　期末試験終了後には毎日集まって踊った。みんな頑張ってた。

　全員が自分にできることを精一杯やろう。もしかしたら、メインの子だけが目立っちゃうかもしれないけど、お客さんだってちゃんと見てる。あたしたちＫＪＨっていうアイドルグループを見ててくれる。全員がいてこそのＫＪＨだって、わかってくれるはず。

　頑張ろうよって励まし続けた。八月十一日、東京でのステージが待ってる。そこに全国からローカルアイドルが集まる。一番カッコイイステージを見せよう。

step 6　東京？

八月、KJHは毎日のイベントをこなしながら、東京・シブコーでのステージに向けて集中特訓を始めていた。イベント数時間前にメンバー全員で集まり、会場近くの駐車場とかで練習をする。場所探しはぼくの役目だった。

簡単に言うけど、夏休みに入って毎日、何かしらのイベントに出演していた。暑い中、何時間も歌い、踊り、更に本番で目一杯のパフォーマンスを観客に見せなければならない。疲れがみんなの中に溜まっているのが、見ていてよくわかった。

だけど、シブコーでのステージは、あの子たちにとって最大の夢だ。頑張ろうと励まし合いながら練習を続け、ストップをかけない限り止めようとしなかった。どうしてここまでできるのだろう、と思うほどだった。

八月九日、木曜の夕方、市内の幼稚園のお楽しみ会の応援ステージと、のど自慢大会の前座を務めてから、KJHの全メンバーは会場近くの公園に集まって、東京でのステージに向けた最後の練習を始めた。

たまたまぼくは自分の本業がオフだったので、朝からずっと一緒にいた。のど自慢大会から合流した由花と、練習しているみんなを見守っていた。

明日の金曜はイベントなどに出演しない。夜十時半に仙台駅に集合し、そこから夜行バスで東京へ向かうことになっている。チケットは買ったし、手配は全部終わっていた。

みんな集中していた。夏休みに入ってから、全然休んでいない。明日一日は休養に充てている。

本番前にバタバタ練習したって、意味はないだろう。だから今日が最後の全体練習だった。

「でもさ、結構レベルは高くなってると思うな」由花が言った。「アイドルごっこだとか、お遊戯会並みだよねとか、さんざん言われてたけど、継続は力なりだよ。みんな上手くなってる」

そうだな、とうなずいた。最初の頃と比べたら雲泥の差だ。

最初は、それぞれが自分のダンスを踊るだけで精一杯だった。みんなで踊っているつもりだったかもしれないけど、一人ずつのダンスの寄せ集めに過ぎなかった。

いつの間にかフォーメーションを覚え、集団でパフォーマンスする意味を理解するようになった。個人のスキルも上がっているのだろうけど、チームとして機能するようになり、成長しているのも確かだ。

「シブコー、うまくいくといいな」

「いけるんじゃない？　この調子なら、いい感じで仕上がると思う」

ほとんど休憩も取らず四時間近く踊り続けたメンバーに、この辺で終わろうと声をかけたのは詩織だった。リーダーを命じられて四カ月、それなりにポジションに慣れたようだ。

「しいちゃん、うまくなったよね」由花が耳元で囁いた。「歌はともかく、ダンスはちょっとって思ってたけど、そんなことないよ。伸びたって意味じゃ、あの子が一番なんじゃない？」

そうかもしれない。ぼくたちが見ていないところでも、相当練習していたんじゃないか。積極的にメンバーを引っ張っていくわけじゃないけど、頑張ってる背中を見ていた下の子たちが、自分たちもやらなきゃと思っているのは間違いなかった。

サトケンさんがリーダーを任せると言ったのは、意外と正しかったのかもしれない。性格的なことはまた違う話だけど。

「そういえば、サトケンさんは？」

「来るって言ってたけど……どうしたんだろう」

全員に着替えるよう指示してから、詩織がぼくのところに駆け寄ってきて、七時半過ぎちやった、と手を合わせた。

「遅くなっちゃって、ゴメンなさい」

「仕方ないさ。気合入っちゃったんだろ？　向かいのファミレスでお母さんたちが待ってるから、みんなを連れていってくれ」

わかってる、と詩織が片目をつぶった。よろしくな、と言ったぼくの尻ポケットからスマホの着信音が聞こえてきた。サトケンさんだった。

風邪引くなよ、と手を振ってから電話に出た。

「お疲れ。練習、終わったか？」

「たった今。これからみんな帰るところです。どこにいるんですか？」

「すぐ近くだ。アトムって洋風居酒屋知ってるか？　ハタナカ薬局の裏だ」

「わかりますよ」ここからだと、歩いて五分もかからないだろう。「そこまで来てるんだったら、顔出してくれればよかったのに」

「悪い悪い。中途半端な時間になっちまって、先に一杯やってた。終わったんならこっち来いよ。飯でも食わねえか？」

女の子たちがファミレスに入るのを確認してから、由花とアトムに向かった。大音量で音楽が流れていて、かなりうるさい店だ。サトケンさんは奥のテーブル席でビールを飲んでいた。

「お疲れお疲れ。座れ、飲め、食え」

早口言葉のように言った。待ってくださいよ、とぼくたちはそれぞれ腰を落ち着けてから、適当にドリンクとフードを注文した。

今日は飲んじゃ駄目だよ、と由花が囁いた。わかってます、今日はぼくが運転する番だもんね。

「いよいよだな」乾杯、とジョッキを掲げたサトケンさんがひと口ビールを啜《すす》った。「全国制覇への第一歩だ」

めでてえな、と指を鳴らした。お通しの煮物と卵焼きなんかがテーブルに並んでたけど、ほとんど箸をつけていないようだった。

「どうだった、練習は？　うまくいってんのか」

「さっきも話してたんですけど、いい線行くんじゃないですかね。何ていうか、アイドルっぽくなってきてますよ」

「ダンスの先生も言ってた。自信持っていいって」由花が運ばれてきたお新香を齧った。

「あたしが見ててもそう思うよ。コンビネーションがよくなってきてるし、アイコンタクトなのか何なのか、お互いの動きがシンクロするようになってる。ローカルアイドルっていっても、馬鹿にできないよね」

サトケンさんの時代とは違うんです、とぼくは言った。

「あの子たちは生まれた時から音楽に囲まれてますからね。リズム感がDNAに刻まれてるのかもしれない。環境に恵まれてるってことなのかなあ。テクニックの上達が、すごく速いような気がします」

それからも思いつくまま喋った。ぼくも由花も昼食を取っていなかったから、お腹が空いていたこともあり、居酒屋だったけど定食屋みたいな雰囲気になっていた。

「どうしたんすか、何か言ってくださいよ」

食べるのが一段落したところで、ぼくは顔を上げた。どうもしねえよ、とサトケンさんが目をつぶったまま言った。ほとんど飲んでいないし、何も食べていない。

「疲れてるんですか？　今日は何してたんです？　仕事ですか」

そんなところだ、と答えた。明後日に迫った東京でのステージについて話を振ってみたけど、それについても何も言わない。全体に生気がなく、動きも鈍かった。

不意に、心配になった。体調が悪いのだろうか。

この一週間、練習に顔を出していた時はそんなふうに見えなかったし、本人も調子はいいと言ってたけど、そうじゃなかったのか。帰りましょうと立ち上がったのは、九時少し前だった。

「まだ早いだろ」

話そうぜと言ったが、そんな感じじゃない。ずるずると体が落ちていって、椅子にもたれかかるような形になった。話してえんだ、と唇だけが動いた。

「これからのことなんだけどな、小学生も入れていいかもしんねえぞ。どこのアイドルグループだって、低年齢化が進んでいて……」

「明日聞きますよ。今日は帰りましょう」

支払いを済ませて、店を出た。送りますと言うと、悪いなと両手で拝んだ。

八十のお爺《じい》さんだって、もうちょっと素早く動けるんじゃないかと思えるぐらい、その動きはゆっくりだった。足元もおぼつかない。

駐車場まで抱えるようにして運び、車に乗せた。後部座席でサトケンさんに話しかけていた由花が、目を開けない、と泣きそうな顔で言った。

「前よりヤバいかも。何か、息もすごく荒いし……」

「脈は？」

「……ある。すっごい弱いけど」

考えたのは一瞬で、病院に直行しようと決めた。救急車を呼ぶよりその方が早い。

由花がサトケンさんの体をしっかり抱いている。揺らさない方がいいと思ったのだろう。それでいい、とうなずいてアクセルを踏み込んだ。

市立病院まで、普通なら三十分かかるところを、その半分のタイムで着いた。夜間受付の前でクラクションを鳴らすと、飛び出してきたのはサトケンさんの奥さん、明子さんだった。真っ青な顔で、携帯電話を握りしめていた。

「主人は？」

「どうして病院に？」ぼくは飛び降りて、後ろのドアを開けた。「何でわかったんです？」

何度も電話したのにとつぶやいた明子さんが、サトケンさんの肩を揺すりながら声をかけた。後ろから病院のスタッフもやってきた。準備していたのか、ストレッチャーに乗せて中へ運び込んでいった。

「電話？」

「主人にも、あなたにも」明子さんがストレッチャーを追って小走りになった。「主人の電話は電源が入っていないっていうし、あなたのは……」

ぼくは自分のスマホを確かめた。この一時間の間に、七回明子さんから着信があった。尻ポケットに入れていて、気づかなかったのだ。店が音楽でうるさかったせいもあったのだろう。

すいません、と謝った目の前で、ストレッチャーが処置室とプレートのかかっている部屋に吸い込まれていった。鋭い声が聞こえたけど、何を言ってるのかわからなかった。

「十日前から入院していたんです」明子さんが通路のベンチに座り込んだ。「先月の半ばから、ずっと調子が悪くて……」

「そうだったんですか？」

ぼくたちは明子さんを挟んで腰を下ろした。だってサトケンさん、練習には顔出してたよ、と由花が囁いた。

「主治医の先生にお願いして、夕方二時間だけ外出許可をもらったんです」明子さんが額の汗をハンカチで押さえた。「もうそんなに時間は残っていないとわかってました。先生も、本人の好きにさせた方がいいと……あの人のことだから、止めても勝手に病室を抜け出していったでしょうし、二時間だけならと」

寂しそうに笑った。そんなふうには見えなかった。気づいていればと思ったけど、ぼくが何を言ってもサトケンさんは聞かなかっただろう。

「もう外出は控えてくださいと言ったんです。何度も何度も……春日さんたちに任せるべきだって。でも、おれが練習を見ないと駄目なんだって、振り切るように……この一週間ほどは、あたしも諦めてました。昨日までは約束通り夕食までには戻ってきましたし。でも今日は朝から出掛けて、ずっと戻ってこなくて」

「朝から？」

「あなたたちのところに行ってるのはわかってましたから、それほど心配はしてなかったんですけど、夜になっても戻ってこなくて……電話をしても繋がらないし、家で待っているのが怖くなって、病院に来ていたんです」

出てきた看護師さんが、明子さんを呼んだ。血圧が下がっているので、処置を行っていると説明している。意識が戻るのは、早くても数時間後になるだろうということだった。

通路のベンチで座っているわけにはいかないので、病室で待つことにした。少し休んでくださいと言ったのだけど、何も答えないまま明子さんがエレベーターに乗り込んだ。

＊

ストレッチャーで運ばれてきたサトケンさんが病室のベッドに移されたのは、夜明け前のことだった。医者がどういう処置をしたのかはわからないけど、何だおめえら、と言ったサトケンさんの声音は意外とはっきりしていた。

「何時だと思ってる？　六時前だぞ、寝ねえのか？」

憎まれ口を叩いた。看護師さんたちが口に呼吸器を当てたけど、こんなものいらねえ、と自分の手で外した。

「大丈夫ですか？」

「優しいこと言ってくれるじゃねえか。ありがとよ。明子、お茶ぐらい出してやれ」

「奥さん、心配してたんだよ」由花がちょっと怒ったように言った。「お茶なんかいらないから、奥さんに謝って」

「わかったわかった。ちゃんと謝るって。そんな怖い顔すんなよ……リュー、明日の東京は頼んだぞ。どうも、おれは行けそうにない。思ってたより、おれの体はポンコツらしい」

「馬鹿なこと言わないでください。どこにいたんですか？　奥さんだって病院の人達だって、ずいぶん捜したって言ってましたよ」

「バスに乗って、気仙沼を一周してた」サトケンさんが微笑んだ。「一関《いちのせき》まで行ったんだ。そうだ、パチンコで勝ってな。もらった景品、どこやったかな……まあいいや、それから仙台へ出て、映画館に入った。唐桑まで戻って、流されちまった家があった辺りを見てきたよ。久しぶりだったな」

「そんなの、昨日じゃなくたっていいじゃないですか」

「思い立ったが吉日って言うだろ？　たまには一人でふらふらしたかった。おれはそういう男なんだよ」

サトケンさんはずっと笑ってた。そっと手を伸ばして、明子さんの肩を愛《いと》おしそうにさすっている。

「リュー、言うのを忘れてたんだがな」ぼくを見つめて口を開いた。声が少しかすれていた。「年内にはセカンドアルバムを出そうぜ。おれが思うに、一枚目より難しいかもな。勢いだけじゃダメだ。バリエーションを考えよう。民謡っぽいリズムとか入れたらどうだ？」

無理です、とぼくは首を振った。ファーストアルバムのレコーディングはほぼ終わっていて、八月中にプレスすることが決まっていた。更にまた十曲書けと言われても、そんなことはできない。

「できるさ。火事場の馬鹿力って言うだろ」笑顔でサトケンさんが優しくうなずいた。「おめえならできる」

黙ったまま、サトケンさんを見つめた。もう、この人には時間がない。奥さんと話させるべきだ。

ぼくも由花も、結局は他人だ。サトケンさんだって、奥さんと話したいだろう。

だけど、ひとつだけ、どうしても聞かなければならないことがあった。

「最初から思ってたんですけど、どうしてできるなんて言うんです？　ぼくに才能がないのはわかってるでしょ？　そうです、ありません。そんな力はないんです」

空いていた左手を伸ばしたサトケンさんが、ぼくの頰をひたひたと叩いた。

「あるよ。保証する。おめえには才能がある」

「だから、そんなものはないって……」

「あるよ。絶対だ」ゆっくりと手を戻した。「音楽が好きなんだろ？　十年頑張ったんだろ？　教えてやる。それが才能っていうんだ」

プロになれなかった、とぼくは頭を振った。

「メジャーデビューどころか、どこからも、誰からも声はかからなかった。認めてもらえなかった。才能がないからだ」

「そうじゃねえよ」バーカ、とサトケンさんが明るく笑った。「好きなものがあって、それを続けられたんなら、それこそが才能だ。メジャーデビュー？　ミリオンヒット？　そんなのは結果だよ。どうだっていい」

激しく咳き込んだ口元に、看護師が呼吸器を当てた。待てって、とサトケンさんが大きく首を振った。

「好きで何かを始める奴はいくらだっている。ほとんどの奴は最初の一歩で終わっちまう。諦めちまう。何でかわかるか？　そんなに好きじゃなかったからだ」

「でも……」

おめえは違う、と強く押し当てられた呼吸器を、サトケンさんがむしり取った。

「十年続けた。そんなことができたのは、才能があるからだ。間違いねえ、おれにはわかる」

明子さんの方を向いて、眠くなってきたな、とつぶやいた。

「リュー、わかんねえか？　さっさと出てけ。ラブラブ夫婦の邪魔をすんな。ろくな死に方しねえぞ。おれはカミさんと話してえんだ」

由花がぼくの手を握って頭を下げ、そのまま病室を出た。差し出されたハンカチで、ぼくは顔を拭った。

立っていられなくなって、誰もいない廊下に膝から落ちた。何も言わず、由花が背中に手を当ててくれた。

「……誰かに、言ってほしかったんだ」

切れ切れにぼくは言った。わかるよ、とうなずいた由花が手の甲で目元を押さえながら、ぼくの肩を強く抱きしめた。

ぼくたちはそれからずっと、廊下の隅っこで待っていた。病室に何人も白衣の医者が出入りし、いつの間にか静かになった。明子さんが出てきたのは、三時間後だった。

「……入ってください」

低い声で言った。目は真っ赤だったけど、泣いていなかった。

「最期は、笑顔でした」

ありがとうございました、と頭を下げた。ぼくは由花の手を握って、病室の扉をそっと開いた。

＊

主治医の先生が感情を表に出さないまま、十分ほど前に亡くなられましたと言った。病院の人達にとって、死は日常と隣り合わせだ。特別なことじゃないと知っている。

ぼくたちもそうだ。去年の三月、大勢の親しい人達を亡くした。

いろんな意味で考え方が変わったと言う人がいたけど、わからなくもない。人はいつどうなっても不思議じゃないのだ。

ぼくと由花はうっすら笑みが残ってるサトケンさんに一礼して、病室を出た。奥さんのそばにいてくれと頼むと、わかってると答えた由花が不安そうに見つめた。

「明子さんのことは心配しないで。あたしがついてる。でも……どうすんの？」

わからない、と首を振った。

「どうすればいいのか……あの子たちに何て言えばいいんだ？」自分の声がかすれているの

がわかった。「シブコーは明日だ。今夜、仙台駅から夜行バスで東京へ向かわなきゃならない。だけど、そんなこと言ってる場合か？　お葬式のことだってある……そうだ、サトケンさんの親戚とかに連絡しないと。会社とか友達とか――」

落ち着いて、と由花がぼくの手を強く握った。

「会社なんかはあたしと明子さんから伝える。そんなことはいい。そうじゃなくてKJHをどうするか、それを考えて」

「考えてるって！」ぼくの声が廊下に響いた。「だけど、どうすりゃいいんだ、伝えるべきなのか。黙ってこのまま東京に行かせる？　そんなわけにいくか？　だけど、あの子たちが知ったらどれだけ……」

由花が小さくうなずいた。サトケンさんの死が彼女たちにどれだけのショックを与えることになるのか、想像もつかなかった。

だけど、いずれは話さなきゃならない。今なのか、もっと後なのか。頭がついていかない。

「教えてくれ。どうしたらいいんだ？」

あたしにもわかんない、と由花が目を伏せた。

「サトケンさんはメチャクチャだったけど、あの人がKJHを作ってここまで引っ張ってきた。だから形になった。プロデューサーはサトケンさんだよ。亡くなったってわかったら、みんな何もできなくなっちゃう。ＫＪＨは終わるのかも――」

「……そうだ」

「これからどうするかは、みんなそれぞれが考えなきゃならないことだと思う。ＫＪＨを続けていくのか、解散するのか。全部含めて考えないとダメだよね」

由花は冷静だった。言ってることはよくわかる。だけど、ぼくはどうすればいいんだろう。

「でも、今の問題はシブコーのステージ。どうするの？　プロデューサーとしてあの子たちを引っ張っていくのは――」

「……ぼくにはできない」

「わかってる。サトケンさんの代わりなんていないよね。だけど、今はあなたがその役目を果たすしかないのもホントだと思う」由花がぼくの肩を何度も揺すった。「考えて。とにかくシブコーのステージだけは出演して、後のことはみんなで相談するとか、それもありかもしんない。今、この時点でＫＪＨを解散させて、東京へは行かないって選択肢もあると思う」

「そんなこと言われても……ぼくが決めなきゃダメなのか？」

「わかんない。マジでわかんないよ。だけど、全部引っくるめて、ひとつだけ言えることがある」由花が顔を上げて、まっすぐぼくを見つめた。「サトケンさん、いつも言ってたよね。

おめえはやりたいのか？　やりたくねえのか？　そういうことなんじゃないかな」

やりたいのか、やりたくないのか。ぼくは自分に問いかけた。どうなんだ？　やりたいのか。やりたくねえのか。

「どっちでもいい」由花がうなずいた。「どっちも正しい。どっちも間違ってない。選んで。どっちでも一緒に行く」

「……ぼくが決めないといけないのか？」

「そうだよ。自分で決めるの」

しばらく考えてから、わかった、とスマホを取り出した。決めたよとつぶやいて、番号に触れると、呼び出し音が鳴り始めた。

＊

鳴ってるよ、とママが言った。あたし？　テレビ、いいとこなんだけどな。やれやれ、とつぶやいて部屋に戻った。

コタツの上でスマホが鳴ってる。リューさんからだ。

まだ昼じゃん、気が早いよ。遅刻するなとかそんなこと言うの、後でよくない？　リューさんって、心配性なんだよね。

「もっしー」

「詩織か？　ぼくだ」

「わかってるって。後でいい？　今さ、テレビで心霊特集やってて、チョー怖くて面白いんですけど」

今だ、と強ばった声がした。

「話がある」

「……何？」

変な感じがした。止めてよ、そんなマジ声。どうしたの、今さらシブコーのステージが中止になったとか、そんなこと言われたらあたしキレちゃうよ。

「落ち着いて聞いてくれ。サトケンさんが亡くなった」

え？

「今朝だ。サトケンさんが亡くなった」

体が固まった。意味わかんない。何言ってんの。

「どうするべきか、ぼくにはわからない」リューさんの声が続いてる。「みんなに知らせた方がいいのか、それさえわからない。今夜東京へ行くべきなのか、明日のステージに出るべきなのか、何もかもだ」

「ちょっと待って、何言ってんの？　ホントなの？　どうして？　サトケンさんが？　何で？」

「今、病院にいる」声が真っ暗で、本当の話だってわかった。「しばらくぼくはここにいなきゃならない。詩織に伝えるべきかどうかも迷った。これからどうするか、どうすればいいか、みんなに話してもいいし、話さなくてもいい。詩織が考えて決めてくれ。ぼくの方からこうしろああしろと言うつもりはない」

「ねえ、待って」喉の奥にすごい熱い塊が込み上げてきて、うまく喋れなかった。「そんなこと言われたって、あたしもどうしていいかわかんないよ。何でサトケンさんは亡くなったの？」

「あの人はガンだったんだ」

「……ガン？」

「もう二年前からわかってた」リューさんの声が遠くなった。「長く生きられないと知ってた」

ウソだ。そんなわけないじゃん。だってサトケンさんはいっつもワガママで、強引で、でもあたしたちを引っ張って、一緒にいて、あんなに楽しそうだったじゃん。ガンなんて、そんなのゼッタイあり得ない。

「サトケンさんは二人の娘さんを大震災で亡くしている」淡々とした口調でリューさんが言った。「それとKJHが関係あったのかどうか、ぼくにはわからない。そんな話はしないまま、逝ってしまった。わかるのは、あの人に夢があったってことだ。その夢をKJHに託した。そういうことなんだと思う」

声が少しかすれていた。泣いてるってわかった。

「KJHが本物のアイドルグループになれるか、サトケンさんにも確信はなかっただろう。でも、そんなことどうでもいいんだ。何かやりたい。何かになりたい、変わりたい、そう思って一生懸命やるなら、それでいい。サトケンさんはそれを伝えたくて、KJHを立ち上げた。大震災でこの町はどうにもならなくなった。誰もが絶望していた。そうじゃねえだろって、あの人は言いたかったんだ。立てよ、やってみようぜ、そういうことだ」

何も言えなかった。そうだったんだ。

「サトケンさんは詩織に厳しく当たってた。どうしてなのか、ぼくにはずっとわからなかった」

「……あたしも」

「でも、今わかった」リューさんの声が高くなった。「あの人は詩織を励まそうとしてたんだ。そういうのが下手だから、うまく伝えられなかったかもしれないけど」

「だって——」

「諦めるなって、サトケンさんは言いたかったんだ。頑張ればできるって……いや、そうじゃないな。できなくたっていい。立ち上がって、一歩踏み出すことが大事なんだってことなんだろう」

「……そんなこと、考えてなかった」しゃがみこんで、スマホを耳に強く当てた。「サトケンさんは、いつだってあたしにばっか厳しいこと言って……」

「辛かったと思う。だけど、詩織は頑張った。ダンスだって歌だってすごく練習しただろ？　みんなのことをまとめようとした。サトケンさんの代わりにぼくが言おう。よく頑張ったな」

涙が溢れて、息が詰まった。サトケンさん、本当にそう思う？

「あとは自分で考えろ。それがサトケンさんからの最後の宿題だ。詩織の判断にぼくも従う」リューさんが言った。「ぼくは今夜十時、仙台駅に行く。それまでどうしようと構わない。みんなに話しても、話さなくても、来ても、来なくても、東京に行くのか行かないのかも詩織が決めればいい。どうするべきか、どうしたいか考えてくれ」

「……ずるい」あたしはやっとの思いで言葉を絞り出した。「そんな責任、押し付けないでよ」

「本当の責任はぼくが取る」リューさんが言い切った。「ステージに出ないって言うんなら、ぼくが東京へ行って主催者とかに謝ってくる。土下座したっていい。サトケンさんはいつも言ってた。てめえのケツはてめえで拭けって。そうするよ」

「あたしには決められない。無理だよ」

「リーダーは詩織なんだ。サトケンさんが決めた。プロデューサー命令は絶対だろ？」

電話が切れた。そのまま座り込んで、スマホをコタツの上に置いた。

混乱してた。何が何だかわかんない。

ひどいよ、サトケンさん。最後の最後まで、何なの？　あたしにばっかり大変な役目を押し付けて。

どうしよう。あたしが決めなきゃいけないの？　みんなに伝えた方がいいの？　何も言わないっていうのもあり？

わかんない。わからないまま、あたしはクッションに顔を埋めて、大声で泣いた。

*

夜十時、ぼくは由花と仙台駅にいた。

駅前から少し離れた予備校の前に、夜行バスの停留所がある。そこを目指して歩いた。夏休みのせいなのか、学生やサラリーマンがちらほらいた。

仙台というのは便利なところで、北は北海道、南は福岡まで夜行バスで行くことができる。ディズニーランドやユニバーサルスタジオなんかに東北各地の大学生が行くのは、シーズン毎《ごと》の風物詩と言っていい。ぼくも高校を卒業した時、友達と大阪まで遊びに行ったことがあった。

「来るかな」

集合場所の予備校の入り口で立ち止まった由花が、左右を見渡した。来るだろう、とぼくは答えた。

来ることは来ると思っていた。たぶん詩織はみんなにサトケンさんのことを話せない。だから、何も知らないまま、予定通りここに集まってくる。

つまり、ぼくがメンバーたちにサトケンさんが亡くなったことを伝えなければならない。メンバーの両親も見送りに来るはずだから、説明する必要があるだろう。

保護者はサトケンさんを信じて自分の娘を預けている。話すのはぼくの義務だ。その上で全員の意思を確認して、東京へ行くか行かないかをこの場で決めようと思っていた。みんなの気持ち次第では、今日でＫＪＨを解散することになるかもしれない。それならそれで構わなかった。

メンバーたちはそれぞれ電車で来たりバスで来たり、親の車で来る子もいるはずだ。聖子は下宿しているアパートから歩いてくると聞いていた。

あと三十分だ、と時間を確かめた。十時半集合、十一時の東京行き夜行バスに乗る予定だった。そうなるかどうかはわからないけど。

ぼくたちはほとんど話さなかった。由花がサトケンさんの葬儀について必要と思われることを言ったけど、それは後でいい。明かりが消えて人気のない予備校の前で、時間が経つのを待っていた。

十分ほどそうしていると、見覚えのある顔がこっちへ向かって早足で近づいてきた。若菜だった。

後ろに何人かの女の子たちがいる。気仙沼から一緒に来たのだろう。表情が強ばっていた。

そうか、とぼくはつぶやいた。詩織は話したようだ。意外と言えば意外だけど、そうでもないかもしれない。一人で抱えるには重過ぎたのだろう。

「お疲れさまです」

若菜が頭を下げた。ついてきていた女の子たちもだ。みんな目が真っ赤だった。

それから他のメンバーたちが集まってきた。一人で来る子もいたし、三、四人で固まって歩いてきた子もいた。

何台かの車が通りに停まり、降りてきた子とその親もいた。誰も何も言わないまま、ぼくと由花を見つめている。

十時半ちょうどに詩織と聖子がぼくたちの前に立ち、静かに頭を下げた。お疲れ、とぼくは言った。全メンバー十五人が揃っていた。

「お疲れさま」

全員に向かって声をかけた。女の子たち、そしてその保護者が、お疲れさまですと低い声で言った。

「サトケンさんのことは詩織から聞いたね？　ぼくからも話しておく。サトケンさんは今朝亡くなった」

ぼくは説明を始めた。あえて事務的に話したのは、そうしないと泣いてしまうとわかっていたからだ。

「奥さんとぼく、それから由花で看取った。あの人はガンで、余命が短いのはわかっていた。みんなに言わなかったのは、言えなかったんだ。本人も苦しかったと思う。みんなのことを思って話さなかった。わかってほしい」

いいよ、と聖子が言った。みんなもうなずいている。遠くのパチンコ屋から賑やかなＪポップが聞こえていたけど、気にならなかった。

「みんなもショックだと思う。気持ちはわかるつもりだ。それで相談だけど、どうする？東京へ行くか、それともこのまま引き返すか」

全員の顔を見ながら、チケットはここにある、と胸ポケットを叩いた。

「ホテルも予約してる。イベントにＫＪＨが出演すると告知も済んでる。だけど、そんなのはどうでもいい。全部ぼくが責任を取る。気にしなくていい。そういうことじゃなく、どうするか決めてくれ」

春日さん、と保護者の一人が手を挙げた。半年ぐらい前に入ってきた、国中真奈美《くになかまなみ》という子の父親だった。

「里中さんのことですが、本当に何と言ったらいいのか……」沈痛な表情だった。「お悔み申し上げます。もちろん、わたしたちもお葬式には参列したいと思っています。あの人は……あの人には本当にお世話になりました」

ぼくもです、とうなずいた。気持ちが痛いほど伝わってきた。

ここへ来る前、親同士で話しました、と国中が右目をこすった。

「突然のことで、わたしたちも本当に驚いています。どうしていいのかわからないのが、正直なところなんです」

周りにいた母親たちがうなずく。誰もが目を真っ赤に腫《は》らしていた。

「ですが、わたしたちよりショックなのはこの子たちでしょう」国中が女の子たちを指した。「東京へ行くべきなのか、そうではないのか。混乱していると思います。率直に言いますが、親としては行かせたくない。ステージで歌ったり踊ったりするのが不謹慎だとか、そんなことを言ってるんじゃありません。わたしの知ってる里中さんなら、むしろ喜んでくれるでしょう。ですが……ですが……」

言葉を詰まらせた国中が顔を手で覆った。他の親たちもどうしていいのかわからないでいる。サトケンさんの死を受け止められずにいる。そして、それはぼくと由花も同じだった。

「東京には行きたいよ」若菜が泣きじゃくりながら言った。「ずっと行きたかったんだもん。大勢の前で歌ってみたかったし、みんなに見てほしかった。でも……歌えるのかって言われたらわかんない。踊れるかどうかも。うち、わかんない。できると思う？　リューさん、由花さん、うちらにできる？」

ぼくは由花に目を向けた。首を振っている。答えられなかった。

「大丈夫だと言いたいけど、自信がない。何言ってんだって思われるかもしれないけど、それが正直なところなんだ」ぼくは言った。「ボロボロのパフォーマンスを見せるのはどうなのか、とも思ってる。お客さんにこっちの事情は関係ないからね。そんなことが許されるかどうか、何とも言えない。だからみんなで考えて、みんなで決めてほしい。できると言うのなら、東京へ行こう。だけど無理かもしれないって思ってるなら——」

できる、と叫ぶ声がした。前に出てきたのは詩織だった。

＊

リューさんの横に立って、みんなを見た。メンバーだけじゃなく、親も泣いてた。あたしだって、聖子だってそうだ。

だけど、そんなのは違う。ゼッタイ違う。

「サトケンさんがここにいたらとか、そんなダサいことは言わない」あたしは大声で言った。「そんなお涙ちょうだいみたいなことは言いたくない。そういうんじゃない。顔を上げろ！泣くな！　涙を拭け！」

「……しいちゃん、だけど」

何か言おうとした若菜に、うるさい、と手を振った。

「東京のステージでパフォーマンスをする。それはチャンスなんだ」声がどんどん大きくなっていくのを、自分でも止められなかった。「東京だよ。気仙沼とは違う。みんなにあたしたちの元気を見せるチャンスでしょ。チャレンジしなきゃ。逃げてどうすんの？」

「逃げるなんて言ってない」聖子が怒ったような顔で言った。「でも、それとこれとは——」

違わない、とあたしは叫んだ。違わないよ、聖子。わかってるでしょ？

周りを見た。若菜や中学生のメンバーたちが見つめている。泣いているような、怒っているような顔。高校生の子たちも不安そうだ。大丈夫、あたしを信じて。

「何が一番大事か、あたしたちにはわかってる。東京、シブコーのステージに、あたしたちを待ってる人がいる。応援してくれる人がいる。一人でもそんな人がいる限り、あたしたちはステージに立つ。何でかって？　アイドルだからだよ」

みんなが顔を見合わせた。そうだよ。あたしたちはアイドルなんだ。

ＡＫＢでも、ももクロでもない。気仙沼の小さな小さなグループ。でも、頑張れって言ってくれる人がいる。励ましてくれる人がいる。

そんな人達のために、できることをしよう。やれる。あたしたちならできる。

「詩織、そんな簡単なことじゃない」聖子が言った。「ホントの話、できると思う？　歌える？　踊れる？　あたし、自信ないよ」

「聖子がそんなこと言うな」大声で叫んだ。自分でもこんな大声が出せるとは思わなかった。

「あたしたち、アイドルを目指してるんでしょ？　聖子が一番望んでたんだよ？　ゼッタイできる。カッコイイパフォーマンスができるかどうかはわかんない。だけど、頑張ることはできる。頑張ろうよ、誰かが待っててくれてる。その人のために精一杯歌って踊ろう。その人達にとって、最高のアイドルになろう。たった一人のためでもいい。できるだけのことをしよう」

リューさんと由花さんがうなずいた。親たちが涙を拭っている。うっすらと、みんなの顔に笑みが浮かんでいた。

「あたしにもできる？」

若菜が泣き笑いしながら一歩前に出た。できる、とその手を握った。

「あたしについてくればいい。任せて」

キモチワル、と若菜が囁いた。

「しいちゃん、キャラが違ってるよ。何か乗り移った？」

若菜の肩を思いきり叩いた。あんたはそうじゃなくちゃ。みんなが顔を見合わせている。笑って、と命じた。

「あたしたちはアイドルなんだよ？　笑ってナンボでしょ？　スマイル！」

ぎこちない笑みがみんなの顔に浮かんだ。もっと、もっとだ！　笑って！

「気仙沼の元気を日本中に届けよう」あたしは叫んだ。「時間だ。バス停に向かって走れ！」

聖子を先頭に、メンバーが走りだした。走れ！　と叫びながら後ろについた。

ずっと考えてた。サトケンさんはどうしてあたしをリーダーにすると言ったのか。

向いてない、ふさわしくないとずっと思ってたあたし。自分には何もできないと思ってたあたし。いつも逃げてたあたし。

でも、人は変われる。そんなあたしが一番変わらなくちゃいけなかった。

サトケンさんにはそれがわかっていた。だからいつもあたしを励まそうとしてくれた。

あたしが変われれば、みんなだって変われる。あたしにできるなら、みんなにだってできる。

できなくたっていい。夢が叶わなくてもいい。夢に向かって一歩でも進めればいい。

それだけで、あたしたちは笑える。人は変われるんだ。

全員がバスに乗り込んだ。窓にみんなが顔を押し付けてる。ありったけの笑顔。

「行くぞ、ＫＪＨ！」

右手を突き上げて叫んだ。行くぞ、ＫＪＨ！　みんなの叫び声が聞こえた。

エピローグ

東京、渋谷公会堂でのイベントで、ＫＪＨ49のパフォーマンスは他県から集まったどのアイドルグループより、観客たちから熱い拍手と歓声をもらった。主催者からはベストパフォーマンス賞のトロフィーを贈呈された。百点満点のステージだった。

九月十一日、ぼくと詩織は県庁に行った。ＫＪＨが復興元気大使に任命されたのだ。援助を受けられるわけじゃないし、ＮＰＯ法人として認められたわけでもない。メンバーの親たちからは、意味があるのかという声もあったけど、ありがたくいただくことにした。長いものには巻かれろ。それもサトケンさんの教えだった。

聖子は大学に通っている。ＫＪＨの活動からは一歩引いた形だ。気仙沼に戻ってくるのは、月に一、二回ぐらいだろうか。

でも、そのたびにレッスン場へ来て、後輩たちを教えている。仙台の劇団にも入って、女優を目指して頑張っている。

由花は相変わらずだ。東京での経験を生かし、気仙沼のコミュニティFM局で働くようになった。もちろんぼくと一緒にKJHの活動をサポートしている。結婚ってもっとラブラブだって思ってたよというのが口癖だけど、いつも笑ってる。

KJHのメンバーは出たり入ったりだ。学業との両立が難しくなったり、部活が忙しいとかそんな理由で辞めていく子もいるし、ステージに立ちたいと言って入ってくる子もいる。その辺の判断は本人たちに任せている。やりたければやればいいし、辞めたくなったら辞めればいい。

出戻ってくる子もいた。その一人がMJだ。現れたMJは小学生離れしたダイナマイトボディに変貌していた。母親の血ということなのだろうか、楽しそうに歌い、踊ってる。中学生になったらセンターに立つと宣言しているけど、そういうことになるのかもしれない。

KJHには新しいスタッフが加わるようになった。何か手伝いたいと彼ら彼女らは言った。みんな普通のサラリーマンとか大学生とかだ。何でも手伝ってほしいとお願いしている。誰だって何かをしたい。何かを変えたいと願ってる。

若菜はステージから降りた。ＫＪＨを辞めるのではなく、スタッフとして参加したいと言った。性格的にその方が向いてるということらしい。

今は由花と一緒にメンバーのマネージャーをしながら、コミュニティFMのパーソナリティを務めている。トークだったら自分が一番だと言っている。ぼくもそう思うよ。

年末、気仙沼仮設商店街の組合長が来て、応援団を作るからと言った。勝手に応援するだけだからということだったけど、気づくと町のあちこちにＫＪＨサポーターのステッカーが貼られるようになっていた。

練習日の月曜には、誰かしらが差し入れを届けてくれた。町を歩いていると、いろんな人から頑張れよと声をかけてもらえるようになった。はい、頑張ります。

サトケンさんの奥さんとは、しょっちゅう連絡を取り合っている。心の中まではわからないけど、明るく接してくれる。ＫＪＨのステージを欠かさず見に来てくれて、強い人だといつも思う。メンバーたちからはお母さんと呼ばれている。本人も嬉しいみたいだ。

だけど、毎回全員分のお弁当を作ってくれなくてもいいかもしれない。大変でしょ？

ぼくはＫＪＨの活動を生活の中心にすると決めた。それで食べていけるわけでもないから、カメラマンも続けてるけど、ＫＪＨの運営とマネージメント、そして曲作りを担当している。

こんなに休みなく働いてるのに、うちはビンボーだねと由花とオフクロはいつも言う。申し訳ない。でも、二人とも笑ってるから、それでいいんじゃないかな？

詩織はＫＪＨのリーダーを務めながら、声優の専門学校に通うようになった。まだ何かを決めたわけじゃないと言ったけど、それでいいと思ってる。本当にやりたいことが見つかるまで、回り道したっていい。遅過ぎるなんてことはない。だよね、と詩織は笑った。

サトケンさんの墓は市内の青龍禅寺にある。時々、ふらりと行って話をする。いつも同じことを言われる。

「やりたいことをやりゃあいいんだ。ケツは拭いてやる。なあ、煙草くんねえか？　おれ、金ないんだよ」

あとがき　本書を書いた者として、いくつかの補足するべき事柄

この小説には実在するモデルがいます。こういうインターネット社会ですから、調べればすぐわかりますので早々に種を割りますと、宮城県気仙沼でローカルアイドルグループとして活動している「ＳＣＫ　ＧＩＲＬＳ」と関係者の皆さんです。

同様に、本書の主人公、サトケンさんも実在する人物であります。その他の主な登場人物についても、モデルとなっている人々がいらっしゃいますし、場所等についても基本的には実際の場所を訪れた上で書いております。

ただし、すべての人物は実名ではなく、わたくしが考えた名前を使っており、また出来事などもほとんどが空想の産物であることは明確にしておきたいところであります。特にサトケンさんこと阿部健一氏については、わたくしがＳＣＫ　ＧＩＲＬＳのことを知った時点で既に亡くなられておりましたので、キャラクター造形についてはわたくしの勝手な判断で書かせていただきました。

大変失礼なことをしているのかもしれませんが、一度もお会いしていない阿部さんはゲラゲラ笑いながら、もっとどんどんやれよと言ってくれるような気もしております。

本書執筆に当たり、産地直送気仙沼少女隊、ＳＣＫ ＧＩＲＬＳ代表佐藤健様、同じく佐藤梨華様、けせんぬまさいがいエフエム（現・ラヂオ気仙沼）、藤村陽子様、尾形勝一郎様、横田真美子様、西城淳様にお話を伺わせていただきました。いきなりやってきた縁もゆかりもないわたくしに、皆様笑顔でお答えいただきましたことを、改めて感謝致します。

また、個人名は控えさせていただきますが、ＳＣＫ ＧＩＲＬＳメンバーの皆様とお話しできたことも、この小説の形を作るために重要でした。わたくしなりに皆様の気持ちを書こうと思いましたが、何しろ力がありませんので、うまくいったかどうか自信がありません。お許しいただければと思います。

最後になりますが、幻冬舎菊地朱雅子氏に。長い付き合いになりますが、どうしても書かせてほしいと言ったのは今回が初めてでした。快く聞き入れていただいたことを改めて感謝します。

二〇一六年二月、吉祥寺のエクセルシオールにて。五十嵐貴久

解説

宇田川拓也

どんな競技でも優れた才能を発揮し、ポジションを問わず活躍できる有能な選手を「オールラウンダー」というが、エンタテインメント小説シーンにおいて、そう称されるにふさわしい書き手を挙げるなら、五十嵐貴久は間違いなく筆頭のひとりだ。

二〇〇二年刊行のデビュー作『リカ』は、第二回ホラーサスペンス大賞受賞作にふさわしい怪物のごとき女性ストーカーの恐ろしさを描いた作品だった（のちにシリーズ化され、『リターン』『リバース』『リハーサル』刊行）。しかし翌年、五十嵐は早くも「ホラーサスペンス作家」の枠に収まらないオールラウンダーとしての資質を開花させる。病院に立て籠った強盗犯を相手に警視正が巧みな交渉術を駆使する『交渉人』、脱出不可能な山頂に幽閉された五十一人の藩士と美しき姫の〝大脱出〟を描いた時代小説『安政五年の大脱走』、落ちこぼれ高校生たちの笑って泣ける青春野球小説『１９８５年の奇跡』と、ジャンルの異なる作品を矢継ぎ早に上梓し、しかもそのいずれもがクオリティにおいても申し分ないのだから驚異的というしかない。その後も、コンゲーム、パスティーシュ、恋愛小説、家族小説、捜査小説、私立探偵小説、パニック・サスペンス等々、変幻自在の筆は止まるところを知らず、さらに驚くべきはジャンルに囚われない多彩な作風と旺盛な執筆ペースが以後もまったく変わっていないことだ。

こうして数多く生み出されてきた五十嵐作品のなかでも、本作『スマイル アンド ゴー！』は、内容はいうまでもなく、稀代のオールラウンダー型作家のキャリアのなかでも特別で読み逃せない作品である。

物語は東日本大震災から半年後の二〇一一年九月十一日、気仙沼の仮設住宅から幕が上がる。そこで家族と暮らす十七歳の広瀬詩織は、大震災によって母校を失い、家を失い、祖父母を喪い、以来引きこもりとなって無気力な毎日を過ごしていた。いつまでもこんな生活を続けるわけにはいかないことも、妹の知佐のように新たな学校へ通うべきであることもわかってはいる。けれど、なにもかもに意味がなく、なぜこんな辛い目にあわなければならないのかという考えばかりが頭を巡り、自分でもどうしたらいいのかわからないまま時間ばかりが過ぎていく。

いっぽう、市内の写真館でアシスタントのバイトをしている春日隆一もまた、頭ではわかっているが、なかなか自分から動き出すことができずにいた。中学でロックに目覚め、プロのミュージシャンを志して高校卒業と同時に東京へ出たものの、夢破れて二十七歳のときに故郷である気仙沼に帰ってきた。あれから三年。大震災を経験し、父も祖母も亡くし、写真館も年末には閉じることが決まった。もう三十歳。いつまでもバイトのままここで世話になり続けるわけにもいかない。

そこに、行き詰まったふたりの人生を大きく揺るがす人物が現れる。気仙沼駅近くの保険会社に勤務する、数々の破天荒な伝説を持つ町の有名人〝サトケンさん〟こと里中健太だ。おめえ、ミュージシャンなんだってな――と隆一を捕まえ、続けてとても正気とは思えない言葉を口にする。

「気仙沼にアイドルグループを作る。アツいぜ、こいつは」

自分がプロデューサーをやるから、おまえは曲を作れという。隆一はミュージシャンとして失敗していること、アイドルに曲を書くなどできないことを伝えて話を断ろうとする。しかしサトケンさんは「おめえには書ける」「才能があるんだ。おれにはわかる」といい切る。こうして無謀としか思えない、気仙沼から元気を発信するローカルアイドル「ＫＪＨ49」のプロジェクトが動き出し、募集広告を見た母親に背中を押される形で、引きこもりの詩織がメンバーのひとりとして加入することになる。

プロデューサーは素人、曲は徹夜で作った一曲だけ、オーディションは全員合格、歌とダンスを指導できる人間はゼロ、なのに初ステージとなるチャリティコンサートまでわずかひと月ちょっとしかない。うまくいく要素がどこにも見当たらないKJH49の行く末は果たして――という流れでストーリーは進んで行くが、本作の主題は逆境を乗り越えていくローカルアイドルグループの奇蹟を描き出すことではない。

サトケンさんが、なぜアイドルグループ設立を思い立ったのかは、作中では読者に想像の余地を残す形でしか記されない。隆一が「何でアイドルなんですか?」町のためになにかしたいというのはわかるが――と問うと、「町のため? 知らねえよ、そんなこと」「おれがやりたいからやってるんだ」としか答えてはくれない。

確かにサトケンさんの理屈は自分勝手としか思えないものだ。しかし五十嵐は、エピソードを丁寧に積み重ねて、衝動的で無鉄砲な豪放磊落さが、ときに人々の想像を超えて周囲に思いも寄らない影響を及ぼすことを示していく。そして、そうした影響や行動に否定的な意見や心無い声も噴き上がるけれど、世のすべてのひとが敵意を抱いているわけではなく、それほど捨てたものではないと思わせてくれる心強いひともいること。また、だれになにをいわれようが、なにかを変えたい、変わりたいと願い、夢を目指して動き出す、ただそのことが結果よりも大切なことを、ひとつひとつ読者に手渡していくように描いていく。

読者は物語を追い掛けながら途中まで本作を、語り手である詩織と隆一がサトケンさんの強引な手腕に振り回されつつ、アイドル活動を通じて次第に成長していく物語だと思うはずだ。ところがある箇所でサトケンさんこそが本作の真の主人公であると悟り、激しい胸の熱さを覚えることだろう。

終盤において隆一は、詩織につらい事実を告げ、ＫＪＨ49にとって重大な選択を彼女に託す。その際「本当の責任はぼくが取る」といい切った隆一に強く心が震えた。なぜなら、それまでサトケンさんの下で無理矢理つき合わされていた主従の関係から、ようやく肩を並べる大人になれた瞬間だからだ。そして隆一が自らの判断で重い決断を下して〝責任〟という言葉をいい切れるまでに成長したように、詩織やほかのメンバーのような若者や子供たちも、本当の意味で成長し、前に進むためには、その選択は他のだれでもなく自らが決めなければならない。そこで一切の責任を負い、彼女たちの決定を尊重して受け止め、加えて自分で考え動くことの大切さを示すために心を砕ける者こそが、かくあるべき大人といえよう。そう考えると本作は、大震災で誰もが絶望していた町でとにかくなにかをやってみようと走り出し、型破りながらもあるべき大人の姿を行動で示し、若者たちに語り尽くせないほどの想いと夢を託した愛すべき傑物の輝かしい物語だと思えてならない。

さて、筆者は本作を「稀代のオールラウンダー型作家のキャリアのなかでも特別で読み逃せない作品」と前述したが、その理由はとりもなおさず冒頭で掲げられているとおり、「本書は事実に基づく物語である」からだ。

五十嵐貴久は多彩な作風と旺盛な執筆ペースがトレードマークであるとともに、物語から自身の熱や感情が染み出すことをよしとしないクレバーな印象の小説家でもある。これまでにも取材協力に対する謝辞はあったが、それはおもにフィクションを成立させるためのアイデアの補強や補正のためのものであり、本作のような断りを付して書き上げられた作品は初めてだ。〝事実〟についての詳細は「あとがき」に譲るとして、登場人物たちがサトケンさんという特別な存在に心を揺さぶられ人生を大きく動かされたように、五十嵐貴久自身もその影響下にあるひとりといえる。そしていま本作を手に取っている読者もまたサトケンさんの影響を「小説」という形で受け、想いと夢を託されたひとりである。

もしもこれからの人生で、自分にはなにもできない、けれどなにかを変えたい。やりたい。目指したい。そう逆境のなかで立ち止まったときは何度でもこの一冊を開いてサトケンさんに会いにくるといい。するとページの向こうから、こういってくれるはずだ。

——おめえはやりたいのか？　やりたくねえのか？

そしてたった一歩でも踏み出すことができたなら、きっと肩を叩いて微笑んでくれるに違いない。

――ときわ書房本店

この作品は二〇一六年二月小社より刊行された
『気仙沼ミラクルガール』を改題したものです。
JASRAC 出 1902041-901

幻冬舎文庫

●最新刊
空気を読んではいけない
青木真也

中学の柔道部では補欠だった著者が、日本を代表する格闘家になれた理由とは——。「感覚の違う人は〝縁切り〟する」など、強烈な人生哲学を収録。自分なりの幸せを摑みとりたい人、必読の書。

●最新刊
救急病院
石原慎太郎

生死を決めるのは天の意思か、ドクターの情熱か——。首都圏随一の規模を誇る「中央救急病院」を舞台に、救急救命の最前線で繰り広げられる熱き人間ドラマを描く感動作。衝撃のラスト！

●最新刊
宝の地図をみつけたら
大崎　梢

地図を片手に夢中になった「金塊が眠る幻の村」探しを九年ぶりに再開した晶良と伯斗。しかしその直後、伯斗の消息が途絶えてしまう。代わりに〝お宝〟を狙うヤバイ連中が次々に現れて……!?

●最新刊
ツバサの脱税調査日記
大村大次郎

少女のような風貌ながら、したたかさと非情な観察眼を持つ税務調査官・岸本翼。脱税を巧みに指南する税理士・香田に出会い、調子が狂い始める。元国税調査官が描く、お金エンタメ小説。

●最新刊
蜜蜂と遠雷(上)(下)
恩田　陸

芳ヶ江国際ピアノコンクール。天才たちによる競争という名の自らとの闘い。第一次から第三次予選そして本選。〝神からのギフト〟は誰か？　直木賞と本屋大賞を史上初W受賞した奇跡の小説。

幻冬舎文庫

●最新刊
いちばん初めにあった海
加納朋子

千波は、本棚に読んだ覚えのない本を見つける。挟まっていた未開封の手紙には、「わたしも人を殺したことがある」と書かれていた。切なくも温かな真実が明らかになる感動のミステリー。

●最新刊
異端者の快楽
見城　徹

作家やミュージシャンなど、あらゆる才能とスウィングしてきた著者の官能的人生論。「異端者」とは何か、年を取るということ、「個体」としてどう生きるかを改めて宣言した書き下ろしを収録。

●最新刊
運玉《うんだま》
誰もが持つ幸運の素
桜井識子

草履取りから天下人まで上りつめた歴史的強運の持ち主・豊臣秀吉は天からもらった「運玉」を育てていた！　神様とお話しできる著者が秀吉さんから聞いた、運を強くするすごいワザを大公開。

●最新刊
バスは北を進む
せきしろ

故郷で暮らした時間より、出てからの方がずっと長いというのに、思い出すのは北海道東部「道東」の、冬にはマイナス20度以下になる、氷点下で暮らした日々のこと。センチメンタルエッセイ集。

●最新刊
捌き屋　罠
浜田文人

企業間に起きた問題を、裏で解決する鶴谷康。ある日、入院先の理事長から病院開設を巡る土地買収処理を頼まれる。売主が約束を反故にし、行方まで晦ましているらしい――。その目的とは？

スマイル アンド ゴー!

五十嵐《いがらし》貴久《たかひさ》

平成31年4月10日　初版発行

発行人——石原正康
編集人——高部真人
発行所——株式会社幻冬舎
〒151-0051東京都渋谷区千駄ヶ谷4-9-7
電話　03(5411)6222(営業)
　　　03(5411)6211(編集)
振替00120-8-767643
印刷・製本—中央精版印刷株式会社
装丁者——高橋雅之

幻冬舎文庫

ISBN978-4-344-42848-5　C0193　い-18-16

幻冬舎ホームページアドレス　http://www.gentosha.co.jp/
この本に関するご意見・ご感想をメールでお寄せいただく場合は、
comment@gentosha.co.jpまで。